JN043299

おれは一万石

若殿の名

千野隆司

双葉文庫

目次

那珂湊
高浜
秋津河岸
霞ヶ浦
北浦
鹿島灘
利根川
小浮村
高岡藩
高岡藩陣屋
飯貝根
酒々井宿
銚子
外川
東金

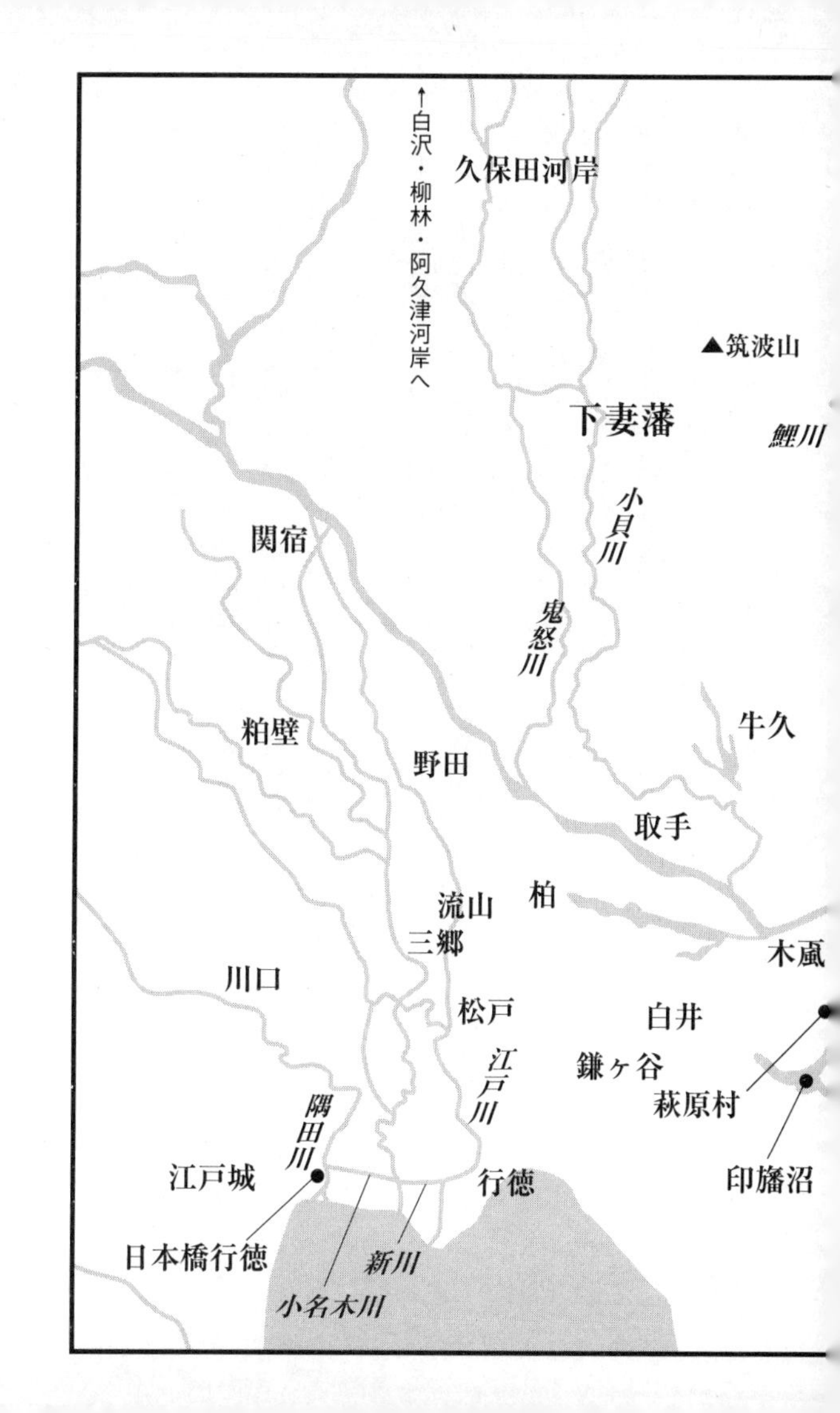
↑白沢・柳林・阿久津河岸へ
久保田河岸
▲筑波山
下妻藩
鯉川
小貝川
関宿
鬼怒川
牛久
粕壁
野田
取手
流山
柏
三郷
木颪
川口
松戸
白井
江戸川
鎌ヶ谷
萩原村
隅田川
江戸城
行徳
印旛沼
日本橋行徳
新川
小名木川

おもな登場人物

井上正紀……下総高岡藩井上家当主。
竹腰睦群……美濃今尾藩藩主。正紀の実兄。
山野辺蔵之助……北町奉行所高積見廻り与力で正紀の親友。
植村仁助……正紀の近習。今尾藩から高岡藩に移籍。
井上正国……高岡藩先代藩主。尾張藩藩主・徳川宗睦の実弟。
京……正国の娘。正紀の妻。
佐名木源三郎……高岡藩江戸家老。
佐名木源之助……佐名木の嫡男。正紀の近習。
井尻又十郎……高岡藩勘定頭。
青山太平……高岡藩廻漕河岸場奉行。
杉尾善兵衛……高岡藩廻漕河岸場奉行助役。
橋本利之助……高岡藩廻漕差配役。
松平定信……陸奥白河藩藩主。老中首座。
徳川宗睦……尾張徳川家当主。正紀の伯父。

おれは一万石
若殿の名

前章　法事の後

一

梅雨入りをして、三日の間降り続いた雨が止んだ。五月八日は、厳有院こと四代将軍徳川家綱公の命日だった。雨で洗われた上野の山の青葉が、眩しい昼前の日差しを浴びている。

墓のある東叡山寛永寺では、法事が盛大に行われた。僧たちの読経の声が、境内に木霊した。

家綱の霊廟は、朱塗りの荘厳な勅額門を潜った先にある。勅額門は前後軒唐破風付きの四脚門で切妻造りの銅瓦葺きとなっていた。屋根に夏の日差しが当たっている。

将軍家斉はもちろん、江戸にいる大名諸侯が参拝に集まった。威儀を正して焼香の列に並ぶ。

「見事な顔ぶれだな」

離れた場所から諸侯の姿を目にした井上正紀は呟いた。家斉公の姿だけでなく、御三家御三卿の当主や若殿の姿も見えた。一同、神妙な面持ちだ。

正紀の伯父に当たる尾張徳川家の当主宗睦が、水戸徳川家当主の治保に何か話しかけた。治保が頷きを返した。傍には御三卿、一橋徳川家の治済や清水徳川家の重好といった縁筋の者の姿がある。

そこからやや間を空けて、松平定信、松平信明、本多忠籌などの老中衆の顔が見えた。続くお歴々の中には、加賀前田家百二万石の当主前田治脩の姿もあった。

下総高岡藩一万石の正紀は、居並ぶ御大身よりもはるかに後の焼香となる。読経の声を耳にしながら、順番を待った。

昨日までの雨で、水溜まりがある。わずかに蒸した。晴れ間を待っていたかのように、白い蝶が杜の緑の間に飛んで行った。

正紀は美濃今尾藩三万石、竹腰勝起の次男として生まれた。高岡藩井上家には当主正国の娘京がいて、祝言を挙げて世子となった。正国は奏者番まで務めたが病を得て、この三月に隠居をし、正紀が井上家の当主となった。

　実父の勝起は尾張徳川家先代藩主宗勝の八男で、宗睦の弟となる。正国は宗勝の十男で、正紀は叔父が当主を務める井上家に婿として入ったことになる。下総高岡藩は、尾張藩の縁筋から二代にわたって藩主を迎えた。

　もともと高岡藩井上家は遠江浜松藩井上家の分家だが、大名諸侯から尾張の一門と見なされていた。

　兄である今尾藩主睦群は、尾張徳川家の付家老を務めている。竹腰家は、代々そういう家柄だ。

　焼香が済んだ家斉は、本堂から引き上げる。居並ぶ正紀らは通り過ぎるまで頭を下げた。御番衆が、江戸城まで固い警護を行う。

　お歴々が焼香を始めた。しばらく待った正紀も焼香を済ませると、境内から退出した。それから旗本たちの焼香が始まる。

　大名たちは、黒門外の広場に待機する家臣たちのもとへ寄り、それぞれの駕籠や馬に乗った。供揃えと共に各屋敷に向かう。

「一橋の治済様は、やはりご老中衆とはうまくいっていないようだな」

　正紀の傍にやって来た兄の今尾藩主睦群が、耳打ちをした。

「挨拶はしたようですが、よそよそしい感じでしたね」

「うむ。尊号一件以来、うまくいっていないようだな」

尊号一件とは、二年前の寛政元年（一七八九）に光格天皇が、皇位に就いていない父閑院宮典仁親王に、『太上天皇（上皇）』の称号を贈ろうと幕府に打診したが、松平定信の反対で実現しなかった事件をいう。同じ時期に家斉は、実父の一橋治済に対して『大御所』の尊号を贈ろうとしていたが、定信は朝廷に対して尊号を拒否したことから、家斉の申し出に対しても拒否をした。

当然の処置といっていいが、これには裏があるとされていた。

定信にとって治済は、御三卿の一つ田安家に生まれ将軍位を狙える立場にあった自分を、白河藩へと放逐した政敵である。治済が大御所として権力を掌握することに、危機感を抱いていた。

定信としては治済の大御所就任を阻止するためにも、典仁親王への太上天皇宣下を拒否したとする見方だ。

大御所の尊号を得られなかった治済は、反対した定信に恨みを持った。これは睦群だけでなく、多くの大名や旗本たちがそう受け取っていた。

「一同が家綱公の霊に合掌したが、腹の中で考えていることは、それぞれだからな」

治済は定信を始めとする今の老中職とは距離を置くが、これと目をつけた大名たちには親しく声をかけた。親定信派の者でも、味方につけようとする。腹の中での思いとは別に、豪快な笑顔で話しかけるなど朝飯前のことだった。

声をかけられた側は、知らぬふりはできない。

「何を企んでいるのやら」

睦群はため息を吐いた。

大名諸侯や旗本たちは、政権を握る定信派と対抗する立場の反定信派に分かれている。また旗色を明らかにしない者もいる。

宗睦は、定信が老中に就任する折には力を貸したが、政策が合わなかった。囲米や棄捐の令など、定信の政策を批判して敵対する立場になった。松平信明や本多忠籌といった幕閣とも、袂を分かった形である。

したがって尾張一門である睦群や正紀は、反定信派ということになった。井上本家の浜松藩は、定信派に与する。正紀とはうまくいっていない。

「宗睦様は、前田様とお話をなされていましたが」

焼香を済ませた二人が少し前に、何やら親し気に話しながら正紀らの前を通り過ぎる姿を見た。

「うむ。前田様とお近づきになるのは、悪いことではないぞ」

睦群が応じた。御三家の尾張藩と外様とはいえ百万石の加賀藩が近づくのは、定信派にとっては脅威となるだろう。

「詫間塩の売れ行きはどうだ」

「はい。お陰様にて」

讃岐丸亀藩で作られる詫間塩を高岡藩では仕入れ、北関東諸藩の問屋に卸している。

領内高岡河岸にある納屋などを利用して、輸送を行っていた。

天明の飢饉を経て、高岡藩では、年貢米による収入だけではどうしても立ち行かなくなった。正紀が婿に入るときには、利根川の護岸工事に使う二千本の杭さえ手に入れることができなかった。藩財政は逼迫していたのである。正国のお国入りの費えにも事欠くありさまだった。

正紀が高岡藩に入って以来手こずってきたのは、藩財政の回復である。

藩士の禄米の借り上げだけではどうにもならず、正紀は高岡河岸に納屋を置いて、利根川水運の中継地として活性化を図った。藩は運上金を手に入れ、領民は荷運びなどで日銭を得られるようになった。

さらに正紀は、詫間塩を年九千石分仕入れて売ることで利を得、禄米の借り上げを終了させた。

　それで正紀と不満を持つ藩士の間にあった溝は埋まったが、ゆとりある藩財政となるには、まだ時が必要だった。さらなる改革や開発が必要だ。正紀は、日々それについて頭を悩ませている。

「そうか。おまえはよくやっている」

　睦群はねぎらってくれた。金銭面での援助はないが、睦群は役目上耳に入る幕閣や大名家の情報を伝えてくれる。それはありがたかった。

「かたじけなく」

「京の腹の子は、達者か」

「はい」

　正紀と京の間には孝姫がいるが、さらに赤子が生まれようとしていた。睦群はそのことを口にしたのである。武家にとって、赤子の誕生には大きな意味がある。

「励むがよかろう」

　話を済ませた睦群は、今尾藩の供揃えのもとに戻って駕籠に乗り込んだ。黒門前の広場は、主を待つ家臣たちで賑わっていたが、徐々にその姿は消えていった。

　将軍家斉も姿を見せるので、警護は厳重だった。諸侯の家臣たちも揃っている。常備兵力としての御小姓組、御書院番、御新番、大御番、御小十人組の五番方は、将軍と共に姿を消した。

寛永寺周辺は物々しい雰囲気だったが、その緊張はいつの間にか薄れた。

そもそも将軍家による寛永寺と増上寺の法要については、各大名や旗本衆は何をおいても顔を揃える。五番方だけでなく、各藩の家臣たちも警護に慣れていた。町方役人は、周辺の警固をおこなった。

高岡藩上屋敷は下谷広小路にあって、黒門とは目と鼻の先だ。二、三人の供を連れてやって来れば世話はないが、そうはいかない。

一万石の供揃えを調えて、正紀は屋敷に向かった。

二

北町奉行所高積見廻り与力の山野辺蔵之助は、家綱公の法事について、寛永寺境内からやや離れた場所の警固に就いていた。上野元黒門町東叡山領の不忍池に近いあたりだ。

町人の動きを規制する役目である。将軍の警護は御番衆が行い、大名旗本の警護は、各家でなした。その行列を妨げる者を退ける役目だ。広場や道を塞ぐ見世物興行や露店なども出させない。

「あれは、どこの殿様の行列だ」

「なかなか立派な供揃えじゃねえか」

天気もよくて、武鑑片手に見物にやって来る野次馬は少なくなかった。立てられた槍や駕籠の御紋などで見分ける。離れたところからならば、見物できた。

不埒な働きをする者がいるかもしれないし、無礼な真似もさせられない。町方の警固は、万一を踏まえての備えである。

読経の声が消えてしばらくすると、広場を埋めていた家臣たちの姿が徐々に消えてゆく。

大名や旗本の行列が行き過ぎると、露天商などが下谷広小路へ出て行った。四半刻（三十分）もすれば、いつもの盛り場に戻るはずだった。

山野辺は、不忍池の畔に出た。

水面には黄色い浅沙や花菖蒲が咲き、どこかから梔子のにおいがしてきていた。陸に目をやると、薊の紫色が目についた。

その近くを、ふわふわと飛ぶのは紋黄蝶だ。草叢の向こうには、池畔の景色を売り物にした料理屋の建物があった。

「おや」

身なりのいい武家の子どもがいる。七、八歳くらいの、どこかの若殿ふうだ。一人きりで、池畔で踊っているように見える。

「そうか」

蝶を捕まえようとしているのだと分かった。見事な揚羽蝶(あげはちょう)が、畔で飛んでいる。捕らえようとすると、ふっと空に舞い上がる。

だがここで顔に布を巻いた侍二人が現れて、子どもに駆け寄った。若殿ふうが振り向くと、現れた侍の一人が刀を抜いた。斬りかかったのである。

蝶は飛び去り、若殿ふうは逃げようとした。

「わあっ」

よほど驚いたのに違いない。声を上げたが、掠れ声にしかなっていなかった。瞬く間に、二人の侍に前後を塞がれている。最初の一刀をかろうじて避けた。

山野辺は駆け寄った。このままでは、争いにもならない。走りながら、刀を抜いた。

「待てっ。狼藉者(ろうぜきもの)」

叫びながら、子どもに振り下ろされた一撃を、山野辺は抜いた刀で撥ね上げた。ほんの少しでも遅れれば、脳天を割られていた。

「逃げろ」

子どもを後ろに置いて、叫んだ。足音で逃げ出したのが分かった。怯えてはいても、逃げられないというほどではなかった。

もう一人の侍も刀を抜いた。追おうとする前で、刀を構えた。

「その方(ほう)ら、何者だ」

顔に布を巻いているが、浪人者ではなかった。木綿物だが、きっちりとした身なりだ。主持(しゅうも)ちの侍だと思われた。

「どけっ」

一人が叫ぶと、上段から刀身を振り下ろしてきた。山野辺は横に跳びながらそれを躱(かわ)し、若殿ふうを追おうとする侍の肩を斬りつけた。

狙われた侍は、立ち止まって迫りくる刀身を払うしかなかった。

山野辺は休まずに、刀身を前に突き出す。二の腕を狙う動きだ。だがこのとき、もう一人の侍の切っ先が間近に迫ってきた。

突き出すつもりの刀身を、横に払った。刀と刀がぶつかった。鎬(しのぎ)と鎬が擦れて、山野辺は後ろに身を引いた。

一人ならば、倒せない相手ではない。しかし二人となると、防御の後で、容易く攻めに転じることができなかった。

ここで離れたところから声が上がった。

「おい。賊だぞ」

一人を相手に、顔を布で覆った侍が争っている。何事だと声を上げるのは当然だった。乱れた複数の足音が近づいてくる。

「くそっ」

ここで襲った二人は、後ろへ身を引いた。そして別々の方向へ逃げ出した。足は速い。一人を追おうとしたが、子どものことが気になった。

見回すと、近くにはいない。

「何事でござるか」

駆け寄ってきたのは、三人の侍だった。

「あやつら、子どもを襲い申した」

「ほう。大人二人で、でござるか」

「いかにも。しかし子どもは逃げた。ご貴殿方には、助けられた」

山野辺は頭を下げた。

「他に何かあるやもしれず、捜しまする」

三人の侍は、それで引き上げた。どこかの家中の者で、すでに先を行った主家の行列を追う者と察せられた。

ここで周囲を見回したが、すでに若殿ふうの姿はない。

「どこへ行ったか」

家中の者がいて、それに引き取られたのならばいいが、そうとは限らない。近くの町家を捜した。物陰に隠れているかもしれない。

いくつかの路地を検(あらた)めて行くと、立てかけられた古材木の陰に隠れて蹲(うずくま)っていた。肩が小さく震えている。

「怪我はござらぬか」

衣服は絹物で、腰に差した脇差の造りは見事なものだった。身分がありそうなので、丁寧な口調にした。

「………」

怯えた顔を向けた。山野辺が危機を救ったことは分かっている様子で、逃げようとはしなかった。

「お怪我はござらぬか」

と再び訊くと、首を横に振った。立ち上がらせた。

捨て置けば、先ほどの賊がまた現れるかもしれない。一人で帰すわけにはいかなかった。

「ご家中はどこに」

法事に来たかと思われたが、一人というのが腑に落ちない。いるはずの供侍は、どこへ行ったのか。

「分からぬ」

首を傾げた。

「御家はどちらで、お名は」

尋ねると、口を開こうとしてから半べその顔になった。簡単には言えないと考えたらしかった。

「お屋敷まで、お送りいたすが」

「いや、それは」

屋敷の場所を告げるのも、躊躇（ためら）われるらしい。刀を抜いた浪人者ではない二人の侍に襲われた。深い事情があるものと察せられた。

「襲った者に覚えは」

と訊くと、目に涙を溜めた。強張った表情のままだ。無理やり問いかけると、心を閉ざしてしまいそうだった。

「では、どうするか」

町の子ではないから、自身番へ連れて行くわけにはいかない。とはいえ再び襲われる虞は大きかった。また公になれば、騒ぎにもなりそうだ。それは望まないだろう。

困っていると、井上正紀の顔が頭に浮かんだ。山野辺と正紀は、幼い頃から神道無念流の戸賀崎道場で剣術を学んだ幼馴染である。身分は違うが、今でも昵懇の付き合いをしていた。

高岡藩の上屋敷は、下谷広小路からは目と鼻の先だ。

「あそこならば、襲われることもない」

名や屋敷が分かるまで、預かってもらうことにした。

「それがしは、北町奉行所の山野辺蔵之助でござる」

「うむ」

小さく頷いたが、それだけだ。若殿ふうは、やはり名乗らない。声をかけると顔を向けるが、すぐに俯いてしまう。

「ここにいては危のうござる。あやつらが、捜しに来るかもしれませぬ。確かな場所へ参りましょう」

と告げると、若殿は迷ったらしい。すぐには頷かなかった。

「下総高岡藩井上家の屋敷でござる。聞き及びでござるか」

「知らぬ」

「ならば敵でも味方でもござるまい」

怪しいと思うならば、名乗らなければいいとも伝えた。それでようやく若殿は、小さく頷いた。

不審な侍に気をつけながら、高岡藩上屋敷の門前へ行った。正紀も法事に出ているはずだが、すでに屋敷に帰っている頃と考えた。

第一章　蝶の行方

一

寛永寺から戻った正紀は、病床の正国に法事の様子を伝えた。正国は心の臓を病んでいる。すでに何度かの発作を繰り返し、そのたびに体力と気力を衰えさせてきた。顔色もよくない。

宗睦の実弟で奏者番まで務めた能吏だが、病には勝てなかった。今年の三月に藩主の座を正紀に譲り、隠居をした。

とはいえ、幕政に関心がなくなったわけではない。参拝の様子を話すと、興味を持って聞いた。

「宗睦様は、加賀前田に近づこうという腹だな」

正国は痩せて窶れたが、頭は衰えてはいない。藩主の座にあった頃は、高岡藩のためだけでなく、尾張一門のためにも働いた。兄宗睦の気質も、よく分かっていた。

「尾張の力を、より大きくしようという狙いでございましょう」

「うむ。周りには腹黒い輩ばかりだからな。黙っていては痩せるばかりだ」

腹黒い輩が誰とは言わない。

幕政に参加し、もっと手腕を揮いたかったが、病を得てしまった無念がある。健康であったなら、もっと重い役目を担えたはずだった。兄の宗睦は、正国を将来老中や若年寄の役に就ける腹だったと、正紀は睦群から聞いたことがあった。

不憫に思う気持ちが正紀にはある。実父竹腰勝起もすでに亡い。養生して快復してほしいと願っている。

それに比べて伯父の宗睦は強健で、政局に情熱を持って当たっていた。気力に衰えはない。

その後正紀は、江戸家老の佐名木源三郎、廻漕河岸場奉行の青山太平、江戸勘定頭の井尻又十郎の四人で話をした。江戸藩邸内で、正紀の腹心といっていい者たちである。

「治済様は、じっとしてはおられない方ですな」

「まだまだ、お力を揮いたいようで」

治済の動きを聞いた佐名木と青山が言った。治済は定信を幕政から引きずり落としたいと考えているはずだが、そのために何を企んでいるのかは予想もつかない。

そこへ、山野辺が訪ねて来たと知らされた。一人ではなく、幼いが身分のありそうな若殿ふうを連れているとか。

「何かあったな」

若殿ふうを客間に入れ、山野辺とは別室で会った。正紀は山野辺から、若殿と出会った顚末を聞いた。

「法事に出た若殿であろうか」

「それならば、供の者と共に引き上げたのでは」

「ならばどこかの屋敷から、一人で出てきたのか」

いろいろな事例が考えられて、結論は出ない。

「ただあの歳で命を狙われたわけだからな、怯えているのは間違いないぞ」

山野辺は言った。

「御家騒動があって、家臣に襲われて屋敷から逃げて来たとも」

どれほど苛烈なものであっても、御家騒動ならば公にはしない。どちらの派にしても、事が明らかになって、御家を潰しては元も子もないからだ。

「それならば、名も家名も告げられないだろうな」
七、八歳でも、己の命にかかわることならば、身に迫る危機は感じるだろう。
そのために屋敷を逃げ出したのか。しかしそれならば、蝶を追っていたという話とは辻褄が合わない。

「蝶を追っているように見えたが、そうではないかもしれない」

山野辺は首を傾げた。

「家臣に襲われたと考えたなら、家名を告げられないのはなおさらだ」

幼少で、大人二人から刃を振るわれた。若殿の恐怖は、正紀にも分かる。

「何であれ、得心のいかないことばかりだ。事情を調べてみたいが、それまでの間、子どもを屋敷で預かってはもらえまいか」

これが、山野辺が訪ねて来た理由だと知った。

そこで正紀は、佐名木と井尻、青山の三人に意見を訊いた。

「面倒なことになりませぬか」

井尻が反応した。

「どういうことか」

「当家が、御家騒動に加担したことになります。攫ったことに、なってしまうかもしれませぬ」

ただの迷子でないのは明らかで、何が飛び出すか分からない。関わるべきではないと言っていた。

「なるほど」

井尻は石橋を叩いて渡る質で歯痒いこともあるが、言うことには一理あった。

「しかし分かったところで帰せばよいのでは」

というのが青山の意見だった。子どもの命がかかっている。返す相手も分からない。ただ預かるにしても、できるだけ目につかぬように図らねばならない。

そこで京に相談した。預かるならば、屋敷の奥向きでとなるからだ。

「幼い子が不憫ですね」

腹に手を当てながら、京は答えた。今は妊娠中で、腹の見た目も平時とは微妙に違ってきた。

正紀との間には、生まれて二年半の孝姫がいるが、京はその前に一度流産をしていた。再び流れるのではないかとの不安があるらしかったが、今のところは順調だった。

「奥で預かりましょう」

さして間を置かず告げてきた。迷う気配はなかった。佐名木や青山も反対はしていなかった。

山野辺には、高岡藩で預かると伝えた。

「かたじけない。では頼む」

若殿ふうを残して、山野辺は引き上げた。

高岡藩邸を出た山野辺は、若殿と出会ったあたりへ行ってみた。池の畔で子守りをしている婆さんがいたので、怪しげな侍二人や、身なりのいい武家の子どもについて問いかけた。

「お大名の行列は、いくつも通りましたよ。でもそれだけのことで」

本郷や湯島、根津、駿河台などに屋敷のある大名ならば、いくつもの行列が通る。そのうちの二つを見たが、変わったことなど何もなかったと言った。

池畔にある料理屋へも行ったが、二人の侍と若殿ふうの一件については気づいていなかった。

「うちには、いくらご身分のある若殿様でも、一人でおいでになることはありません」

年齢を伝えると、番頭から言われた。

さらに山野辺は、元黒門町東叡山領のしもた屋の住人にも問いかけをした。道に出て、何かを見ていたかもしれない。

「御大身の若殿様が、一人で出歩くなんてことがあるのですかね」

問いかけた者からはそう答えられた。

「それはそうだが」

山野辺も、そう思う。大名家や大身旗本家の若殿ならば、必ず供がつく。

それでもさらに問いかけを続けていると、甘酒売りの親仁(おやじ)から、予想とは違う返答があった。

「七歳の武家の子どもを見なかったかと、捜すお侍がありました」

「ほう」

子どもがどこの誰とは告げなかった。

「襲った者か、守る側の者か」

山野辺は呟いたが、それは分からない。

「問いかけた者の身なりは」

「二人で、ちゃんとした身なりでした」

「浪人者ではないのだな」

「はい」

とのことだった。他にも、若殿を捜す二人の侍に出会った者はいた。ただ侍たちは、子どもや自分がどこの家中の者かは口にしなかった。

見聞きしたことを重ね合わせると、御家騒動のにおいは濃かった。

また近くで警固に当たった同心や与力仲間にも訊いた。

「法事に出た大名家や大身旗本家で、騒ぎがあったとの話は聞かぬが」

という返事だった。

「不審な者があったら、そのままにはせぬぞ」

将軍家の法事の警固だ。当然の返答だ。

若殿がいなくなったのは御家の大事だが、公にしてはいない。捜しているはずだが、表には出ていなかった。

武家では若殿が行方知れずになったからといって、藩邸以外の場で騒ぎ立てることはしない。警護もできないのかと見くびられる。それは御家の恥でしかなかった。家中の者で捜すことになる。

二

正紀は、山野辺が連れてきた若殿ふうと対面した。

「高岡藩の井上正紀でござる」

「そうか」

若殿ふうには落ち着かない気配があったが、年上を相手にして怯んだわけでもなかった。聞いていた通り、名乗らない。

身なりも、見る限り立派で、御大身の子弟と察せられた。脇差の造りなどからして、国持大名あたりの子弟かと考えた。

「何があるかは存じませぬが、落ち着くまでここにご逗留なさればよかろう。ここには賊は参らぬゆえ」

できるだけ穏やかな口調にした。時折唇を舐めるのは、不安の表れだろう。出会うのは、すべて知らぬ者ばかりだ。

「かたじけない」

礼は言えた。

「ところで、何とお呼びすればよろしいか」

詮索するつもりはないので問いかけはしないが、これくらいはよかろうと考えた。

若殿は少し考えてから、口を開いた。

「かめ」

と聞こえた。

「亀殿でよろしいか」

と念を押すと頷いた。『亀』の字がつく幼名は、珍しくない。長寿を願ってつけられる。それだけでどこの誰とは特定できない。

「では、奥へ参られよ」

京が、一室を用意しているはずだった。

「こちらでございます」

案内した侍女が言った。庭に面した、日当たりのよい部屋だ。

亀は、珍しそうに屋敷内に目をやる。不安はあるらしいが、建物に気後れはしていなかった。やはり小大名の子弟ではなさそうだと感じた。

部屋で腰を下ろすと、待つほどもなく京が孝姫を伴って現れた。

「心安く、お過ごしなさいませ」

名乗った後で、笑顔になって言った。幼児を伴って来たのは、警戒心を持たせないためだ。京の心遣いといっていい。

亀は、戸惑いの表情をした。

「幼子は、お嫌いか」

「いや。それはござらぬ」

京に問われて、孝姫の顔を見た。嫌がる気配ではなかった。声はかけない。どう声掛けをすればいいのか、分からないらしかった。

孝姫は、不思議そうに亀に目をやっている。男児を見る機会は、ほとんどない。珍しいと感じるのか。

襖（ふすま）は開かれていて、庭から心地よい風が吹いてきた。花のにおいが混じっている。縁側から紋黄蝶が部屋の中に飛んできた。ひらひらと少しばかり舞うように飛んでから、すぐに表へ出て行った。鮮やかな黄色だ。

「ちょう、ちょう」

目を奪われた孝姫が、よたよたと縁側へ出た。

羽ばたいて飛ぶ蝶が嬉しいらしい。摑もうと手を伸ばした。孝姫は近くまで飛んでくるが、孝姫には捕まえられない。

するとと亀が立ち上がり、縁側に出た。そして手を伸ばすと、器用にひょいと蝶を捕まえてしまった。羽を壊すこともなく、素早い動きだった。

「ここを持って、しっかり摑むのだぞ」

孝姫は喜び、蝶を摑もうとしたが、うまくできず飛んで行ってしまった。

「うえーん」

それで孝姫は泣いた。

「泣くでない。次は鳥籠(とりかご)にでも入れよう」

鳥籠があるかと京に訊いた。

「ありますよ」

「お持ちいただきたい」

言い残すと、亀は庭に出て行った。侍女が鳥籠を持って来たとき、亀は紋白蝶(もんしろちょう)を捕まえてきた。

「黄の蝶は見つからなかった」

申し訳なさそうに言うと、鳥籠に入れた。紋白蝶は、鳥籠の中で羽ばたいた。もう逃げることはできない。

それでぐずっていた孝姫の機嫌が直った。亀の膝(ひざ)に乗って、孝姫は籠の中の蝶を見つめた。

「美しいか」

「きれい、きれい」

孝姫ははしゃいだ。恐る恐る、籠に手を触れさせた。そして四半刻ほどして孝姫が飽き始めた頃に、亀が言った。

「放してやろう。蝶は広い空が好きゆえな」

亀は蝶を鳥籠から放したが、孝姫はもう泣かなかった。

「亀殿は、蝶がお好きなのですねえ」

「まあ」

亀は京の問いかけに、恥ずかしそうに答えた。

「庭に飛んでくるゆえ」

屋敷の庭で遊ぶということだ。蝶のことがあるからか、男児が珍しいからか、孝姫は亀に懐いた。「かめ、かめ」と名を呼ぶ。

「まるで兄妹のような」

二人の様子を見ながら、京が言った。孝姫と蝶のお陰で、いく分かの緊張は解けたらしかった。

それから正紀は、佐名木と話をした。

「あの若殿は、亀の字がつく名のようだ」

孝姫と遊んだ、奥での様子を伝えた。

「名乗らぬところは気丈でございますが、孝姫様を可愛がるならば、心優しいところもあるのでしょうな」

「うむ」

正紀も京も、亀に好感を持った。

「それにしても亀というだけでは、どうにもならぬ」

「さようでございますな」

佐名木はしばらく考える様子を見せた。世子でなければ武鑑を当たっても名はない。

「いますぞ、御大身で」

思いついた様子だ。

「えっ。どこか」

「加賀の前田家で」

「それは大物だ」

外様とはいえ、将軍家とも縁のある百二万石の大藩だ。御三家御三卿でも、無視できない。

「確か亀万千(きまち)という名であったと存じます」

「亀だな」

「さようで」

「江戸にいるのであろうか」

「さあ」

　さすがに、そこまでは分からないらしい。嫡子は江戸にいるが、そうでなければ国(くに)許(もと)にいる場合もある。

　そこで病間の正国に訊くことにした。体調のよくない正国に世話をかけたくないが、奏者番をしたくらいだから、大名家の諸事情に詳しいのは確かだ。

　今日はいつもより顔色がよくなかった。法事の報告をしただけで、遠慮しようと考えていたが、伺いを立てた。

「かまわぬ」

　と言われた。病間へ行って、亀を預かるに至った顚末を話した。

「それは、やはり御家騒動が絡んでいそうだな」

　正国も言った。ただ預かったことを非難はしなかった。

「町に捨て置けば、捜されて命を奪われるであろう」

と付け足した。御家騒動があるならば、邪魔者は子どもでも消される。町に一人でいるならば、敵方にとっては好都合だ。

「ご存じでしょうか」

「加賀の亀万千だな」

歳は十歳で、わずかに違う。

「そもそもその子は、加賀にいるはずだ」

と言われた。どうやらこちらの亀は、前田家の若殿ではないようだ。

「どこの家の子か分かったら、引き渡す相手については気をつけろ。後で面倒になるからな」

それだけは口にした。

三

亀は、出された夕食を半分残した。高岡藩の食事は主家であっても質素だが、それで残したのではなさそうだった。

「気が伏せっているのでございましょう」

京が正紀に言った。孝姫と遊んで少しばかり気を紛らわしたとしても、身に降りかかった大事が解決したわけではなかった。幼いなりに、いや幼いからこそ、不安や怖れがあると思われた。

「早く、寝ていただきます」

「それがよかろう」

日暮れた後で、山野辺が屋敷を訪ねて来た。亀と出会った周辺での聞き込みをした結果を伝えに来たのである。

佐名木源之助（げんのすけ）と植村仁助（うえむらにすけ）を呼んだ。二人は正紀の近習（きんじゅう）で、源之助は佐名木家の跡取りである。巨漢の植村は、今尾藩から正紀と共に高岡藩へ移ってきた。

亀について伝えた上で、共に山野辺の話を聞いた。

「生臭いにおいがしますね」

源之助が言い、植村が頷いた。

上野元黒門町東叡山領の不忍池に近いあたり及び周辺について、源之助と植村に、さらに探るように命じた。山野辺は、高積見廻りの役目もしなくてはならないので、動きにくいことがある。

「どこでいなくなったかは不明だが、御家では、大騒ぎになっているであろう」

「さようで」

若殿の命は、場合によっては御家の存亡に関わることがある。それは源之助と植村にもよく分かるから、二人は表情を引き締めた。

正紀は、さらに広い範囲で訊くようにと命じたのである。


翌日は朝から曇天で、今にも降ってきそうな空模様となっていた。やや蒸し暑い。五月晴れは、昨日一日だけだった。

正紀の命を受けた源之助は、植村と共に藩邸を出るが、その前に庭にいる亀なる若殿の顔と姿を確認した。

紫陽花(あじさい)の花に止まる蝶を見ていた。

「いたいけない子どもですな」

植村が言った。

「武家の子ですから、御家騒動が絡めば、命を狙われることもあるわけですね」

不憫な話だ。歳の確認はできていないが、七、八歳くらいに見える。

池之端(いけのはた)へ行くと、まず山野辺から聞いていた亀が襲われた場所を確認した。露店も出ていたが、事件があったときは、将軍家の法事の直後で、人の通りは少なかったと察せられた。

昨日は同じ頃、源之助と植村は、正紀の供で三橋を通っている。不審な出来事など、何もなかった。

山野辺が調べをした範囲外で問いかけをする。

「お大名の行列は、いくつも通りましたよ」

茶店のおかみが言った。昨日は朝から店に葦簀を立てて商いはしていなかった。ただ店にはいて、掃除をしていた。行列がなくなれば、店を開く。

晴れていたので、葦簀を通して外の様子はよく見えたとか。

「若殿の乗った駕籠は見かけなかったか」

「駕籠の外から見たのでは、分かりません」

「争いも、起こっていないわけだな」

通る道が同じで二つの行列が鉢合わせした場合、どちらが先に行くか揉めることがある。家格に明らかな違いがあれば問題ないが、同じようだと厄介だ。

しかし昨日は、そういうことがあったとは耳にしていなかった。ただ公にならないだけで、小競り合いがあったかもしれない。

「そんなことがあったら、野次馬が集まったんじゃないですかね」

何かがあった痕跡はなかった。

「でも、町方の与力の旦那が、身なりのいい若殿みたいな子どもを連れて行く姿は見ましたよ」

こう言ったのは、界隈を歩く飴の振り売りと青物屋の女房だ。それは山野辺だと分かるから聞き流した。

ただ一人だけ、池の畔で蝶を追いかける武家の子どもを見たと告げる者がいた。注文を取りに出た酒屋の番頭で、すべての行列が行き過ぎて間もない頃だ。

「それは」

いかにも亀らしい。ようやく手掛かりらしいものにぶつかった。気持ちを落ち着けて、源之助は問いかけた。

「どこから、どちらへ行ったのか」

「あちらから、あちらですね」

指差しをした先は、襲われた場所で、やって来たのは畔の反対側からだった。そのときは子どもだけで、二人の侍の姿はなかったとか。

源之助と植村は、子どもが姿を現したあたりへ行って問いかけをしたが、姿を見たと口にする者はいなかった。大名や旗本の行列は目にしていた。

　さらにその先は武家地となる。

「法事とは、関わりのない出来事なのでしょうか」

「一人で屋敷から抜け出した、とも考えられますね」

　植村の問いかけに、源之助が応じた。蒸し暑い。動き回っていると、汗がじっとりと湧き出てくる。雨は降りそうでなかなか降らない。いっそ降ってくれた方が、すっきりするような気がした。

　さらに訊いてゆく。

「少し前に、二人のお侍様が、お武家の子どもについて、同じようなことを訊きに来ました」

　乾物屋の中年の主人から告げられた。主持ちの侍で、三十代半ばと二十代半ばの歳の者だとか。

「襲った者が、行方を捜しているのでしょうか」

「家中の、若殿を守ろうとする者かもしれません」

　どちらにしても、いて不思議ではない。

「そうですね。若殿が勝手に屋敷を出たのだとしても、守役ならば、その者の落ち度になります」

　近習の役目に就いたばかりの源之助だが、主君の側近くに仕えるとはそういうことだと考える。

　聞き込んでいくと、またしても二人の主持ちの侍が聞き込みに来たと知る。歳を訊くと、今度は五十前後と三十代後半だったとか。

「前とは、違う者ですね」

　と植村。様子を聞くと、こちらの方がだいぶ慌てていたようだ。

「襲った者と、守ろうとする者が、両方捜しているわけですね」

「どちらがどちらでしょうか」

「守れなかった方が、慌てるのではないですか」

　決めつけられるものではないが、源之助の推測だ。

「そうなると襲った方は、若殿が屋敷に戻っていないことを知っていることになります」

「屋敷を見張ったのではないですか」

「探りを入れたのかもしれません」

　ただどちらにしても、どこの家中の者かは分からない。

町の木戸番小屋の番人にも問いかけた。

「昨日、身なりのいい武家の子どもが、昼四つ（午前十時）以降半刻（一時間）くらいの間に、一人で通らなかったか」

「さあ」

「供侍がついていたかもしれぬが」

「気づきませんでしたが」

見張っているわけではないと告げられた。こうなると若殿は、降って湧いて出てきたことになる。

「若殿が委細を話してくれたならば済むことですが」

植村がぼやいた。この日は、二組の侍が若殿を捜していることが分かったが、亀が何者か捜す手掛かりはないままに終わった。

夕刻になって、雨が降ってきた。音のない、静かな雨だった。

四

亀が高岡藩上屋敷へ来て、二夜を過ごした。今朝は膳のものを平らげたが、昨日までは残した。

昨夕から降り出した雨は、朝になって止んだ。日差しが、雲の間から覗いた。晴れると気持ちがいい。

亀は、孝姫とは遊んだ。孝姫は「かめ、かめ」と懐いた。遠慮せずに、膝にも肩にも乗る。亀は嫌がらなかった。くすぐって笑わせる。侍女たちよりも多少手荒いが、孝姫にはそれがいいらしい。

「ちょう、ちょう」

庭を蝶が飛ぶと獲ってやって、鳥籠に入れた。触覚や羽の話をする。蝶にもいろいろあった。

孝姫は体をべたりとつけて聞いている。

ただそれ以外では、正紀や京に何かを話してくることはなかった。こちらも尋ねない。差し障りのない話はした。

執務を済ませた正紀は、昼下がりに奥へ行くと、亀は孝姫と庭にいた。蝶を探していた。鳥籠には、すでに四羽が入れられていた。

「いかがでござろう。相撲でも取りませぬか」

正紀が誘った。孝姫の世話だけでは、つまらないのではないかと考えた。断るかもしれないが、それならばそれでかまわない。

「やりたい」

と亀は言った。

「では、相手をいたそう」

正紀が、棒切れで土俵を描いた。互いに褌姿になって取り組む。土俵の真ん中で向かい合う。四股を踏んだ。

「はっけよい」

行司役はいないが、京と孝姫が縁側に腰を下ろして見物する。

亀がぶつかってきた。どこかに遠慮があった。

「だめだ。本気でぶつかってこい」

正紀は尻餅をつくように押し返した。尻は痛かったはずである。顔を顰め、すぐには立てない。

それから亀は、戸惑うふうを見せた。そのような扱いをされたことなどなかったのだろう。けれども次の瞬間には、かっとした表情になった。

勝気なのかもしれない。

「やっ」

今度は全力で向かってきた。

「そうだ。押してこい。死ぬほどの力を出せ」

すぐには転ばさない。押せるだけ押させた。亀は、顔を真っ赤にさせた。

「かめ、かめ」

孝姫が応援する。

しばらく押させたところで、横倒しにした。体が地べたに転がって、腹や足だけでなく背中にまで土がついた。

亀はそれを払おうとしたが、正紀は叱った。

「いちいち払うな。そんな暇があったら、向かってこい」

それで亀はきっとした顔になった。改めて向かってきた。前よりも力が入っている。

これをあっさりと転がした。

「まだまだだ」

正紀が言うと、歯を食いしばって向かってきた。手加減をしてはいるが、転ばされれば亀には痛いはずだった。

「よし。もっと押せ。いいぞ」

押させてやる。それでも転がした。

転ばしてもめげない。

「もう一番」

息を切らせても、繰り返しやりたがる。なかなかに気丈だった。

四半刻もやると、さすがに疲れたらしかった。肩で息をしている。汗と泥で、体は百姓の子と変わらない。

「よくやった」

ねぎらってやると、頷いた。

「井戸で汗を流しますぞ」

「はい」

素直だ。二人で井戸端へ行き、汗を流した。亀は、釣瓶の扱い方を知らない。

「目を閉じろ」

正紀が汲んで、頭からばさりとかけてやった。何度も繰り返す。気持ちがよさそうだ。

「相撲はいかがでござったか」

「地べたに投げられたのは、初めてであった」

「それはご無礼をいたした」

「いやいや、楽しかった」

「ならば何より」

初めて見る、爽(さわ)やかな顔だった。

「この井戸の水は、どこよりもうまい」

本気で体を使ったということだ。

「剣術の稽古は」

「それはしておるが、体をぶつける相撲は見るだけだ」

やらせてはもらえなかったのだろう。水を浴びた後、手拭いを渡した。

「己で拭かれよ」

侍女にやらせてもいいが、それはしない。亀は不器用に拭き終えた。

「葛餅(くずもち)がありまする。召し上がれ」

京が侍女に命じて、正紀と亀、孝姫の分を持ってこさせた。

「これはありがたい」

三人で食べた。蜜と黄粉(きなこ)がかかっている。

「うもうござる」

瞬く間に食べ終えた。笑顔を見せた。孝姫も手を叩いていた。

この後乱れた髷を京が整えた。まだ前髪は取れていない。その間、目を閉じてじっとしていた。

亀は何を考えたのか。

体を動かした後に甘いものを食べ、京に髷を直され安堵している。来たばかりの頃の硬さはなくなった。


この日正紀は、夕刻になって赤坂の今尾藩上屋敷に兄睦群を訪ねた。亀について、詳細を報告した。何があるか分からないので、耳には入れておく。

「面白い者が、飛び込んできたな」

好奇の目を向けた。

「法事には、幼少の藩主も来た。その中の一人かもしれぬが」

しかしその姿がなくなった話は聞かないとか。睦群は情報通だが、頭には浮かばないらしい。

もし相手に尋ねても、正直に話すわけがなかった。

「亀という名に、覚えがありますか」

「ううむ。どうであろう」

　大名家の世子ならば頭に浮かぶ。しかし次三男や甥などとなると、さすがに無理だ。前田亀万千の話をしたが、睦群は聞き流した。

「亀というのは思いつきで口にしたまでで、実の名ではないかもしれぬぞ」

「なるほど」

「しばらくは様子を見よう」

「はあ」

「何者かが明らかになれば、使い道があるやもしれぬ」

　睦群は言った。幼少にして一人知らぬ家で過ごす亀の心細さには気持ちを及ばせない。政局の役に立てられるならば、立てようという腹だ。

「探れそうなことは、できる限り探れ」

　睦群は尾張徳川家の付家老になってから、人が変わった。正紀への兄弟としての情はあるが、冷酷な政治家になっている。宗睦と似てきた。

「別の話だが」

　睦群は話題を変えた。

「はあ」

　面倒な役目を押しつけられるのは嬉しくない。

「その方には、大坂加番（おおさかかばん）の役に就けようという話がある」

「さようで」

思いがけない話だ。大坂加番は正国がかつて就いた役で、そこから大坂定番（おおさかじょうばん）、奏者番と出世の道を歩んだ。どうだという顔を、睦群はした。

「若いうちに、遠方へ赴くのもよいぞ」

「宗睦様の思し召しですか」

「そうだ。その方を買っているからな」

おれも推しているぞと言い足した。正紀を、尾張一門ではやり手と評する者がいる。嫉（そね）む者は強引だと評した。藩財政立て直しのために、正紀がしてきたことをさしている。

一門ではおおむね受け入れられてきた。

「ありがたいことですが」

嬉しくはなかった。出世よりも、藩の財政逼迫を何とかしたいところだった。西国からの塩の買い入れと販売は順調だが、禄米の借り上げを止めたので、財政事情が悪いのは変わらない。

ただ分断されていた藩内は、一つにまとまった。

「藩をまとめ、財政を調えることが先決かと存じます」

「それは大事だが、外にも目を向けろ」

一万石の中に、閉じこもってはいけないと告げていた。間違ってはいないが、それはまだ先だという気持ちはあった。

「抜かるな。その方を潰したい者もいるからな」

睦群は言った。

五

源之助と植村がする調べは、難航していた。正紀は逐一報告を受けている。二人が出かける前に、正紀は佐名木を交えて打ち合わせをした。

事のあった当日、寛永寺周辺は多数の大名や旗本の行列があって、町人は通行を止められていた。町方役人も警固に加わったが、不忍池池畔の子どもの動きに気を配った者はいなかった。

行列が通り過ぎた後には、露天商や振り売りが一斉に町に出てきた。そのときには亀は、一人になっていたと察せられた。

行列から離れたか、どこかの屋敷から外へ出たか、はっきりしない。手掛かりを得ることは、できないままだった。

事件のあった周辺での聞き込みは、あらかた済んでいた。さらにどう切り込めばいいのか。思案のしどころだった。

亀は徐々に当初の硬さが薄れているが、まだ己について話せる状態にはなっていなかった。

「最後まで、話せないかもしれませぬな」

佐名木が言った。しぶとい子だとは、相撲を取ってみてよく分かった。

「家中混乱の中にいるならば、それくらいでなければ済まぬのだろう」

「まことに」

正紀は源之助と植村に目を向けた。

「表向き波風は立っているように見えぬが、水面下ではとんでもないことが起こっていると考えられる」

それに幼い子どもが巻き込まれているのは間違いない。

正紀は引き続き源之助と植村には、亀がどこから現れたのか調べると共に、襲った二人組、また家臣とおぼしい亀を捜す侍たちについても、その動きを探るように命じた。

　源之助は植村と共に、再度池之端へ出向いた。この日は朝から小ぬか雨で、二人は蓑笠(みのかさ)を着けていた。町を歩いていると、どこかから梔子(くちなし)の花の甘いにおいが漂ってくる。

「もうこのあたりで若殿について尋ねても、何も出そうにありませんね」

　不忍池の畔にある草叢に目をやりながら植村が言った。

「しかし聞き込みの範囲を、これ以上広げてしまえば、頼りない話になる気がします」

　すでに山野辺が亀と遭遇した池の畔からだいぶ離れた場所まで、聞き込みの範囲を広げてしまっていた。

「それくらいの歳の武家の子どもを見かけた」

　という者はいたが、詳しく話を聞くと若殿とは思えなかった。よくよく聞くと、身なりや髷が違う。

「尋ねてきた侍の言葉に訛(なま)りがあれば、どこの藩かの見当がつくのではないでしょうか」

源之助は考えたことを口にした。

「なるほど、それはそうだ」

植村は賛同した。そこで前に、二人組の侍が若殿について聞き込みに来たと話した者のところへ再度足を向けることにした。侍については、前は年齢と体つきくらいしか聞かなかった。

まずは乾物屋の中年の主人のもとに向かった。

「そのお侍二人ですがね、今日も来ましたよ」

どこか煩(わずら)わしいといった口ぶりだ。源之助はかまわず問いかける。

「いつかね」

「半刻くらい前です」

しかし侍たちは、若殿について尋ねたのではなかった。

「このあたりを警固していた、町方の与力の方が、誰かと訊いてきました」

「ほう」

源之助と植村は顔を見合わせた。意外だった。

「何と答えたのか」

「そんなことは、知らされちゃあいませんからね。分からないと言うしかないでしょう」

　当然の返事だった。ただ日頃はこのあたりを廻る与力ではないと答えた。問いかけた二人は、三十代半ばと二十代半ばの歳だ。言葉に訛りはなかったとか。

「山野辺殿のことですね」

「若殿をどこへやったか、尋ねようというわけですな」

　乾物屋の主人の話を聞いた後、近くにあった納屋の庇の下へ入って、源之助と植村は話した。小ぬか雨はまだ止まない。草や花を洗っている。

「しかし、刀を抜いて争った相手ですからね」

　植村の問いかけに、源之助は返した。

「襲って口を割らせようという腹でしょうか」

「町奉行所の与力に口を割らせるのは、手間がかかりそうです」

「殺しては、聞き出せませんしね」

　ただ山野辺を経て若殿に近づこうとしているのは、明らかだ。山野辺が連れて行きそうな場所を捜す腹かもしれない。

「容易く、分かるでしょうか」

　植村の疑問だが、返答のしようがない。

「難しいが、その気になればやれるのではないでしょうか」

これは山野辺の耳に入れておかなくてはならなかった。

さらに聞き込みを続けると、やはり同じ二人から、山野辺について問われた者がいた。豆腐屋の隠居である。

「その方は、与力の顔を見たのだな」

「はい。あの方は、北町の方だと思いますが」

そのことを、問いかけた二人に話していた。

「なぜ北町奉行所の与力だと分かったのか」

「北町の同心の旦那と、話をしていましたから」

帰りの行列が始まる前だ。警固の段取りを話していたのだろう。

「なるほど」

二人は山野辺を、捜し出すかもしれない。そして表通りに目をやっていた植村が、指差しをした。

「あれは」

源之助が目をやると、蓑笠姿の二人の侍が歩いて行く。

「よし」

源之助と植村は、二人をつけた。侍たちが亀を襲った者かどうかの断定はできないが、もしそうならば、藩が分かることで亀が何者か知る手掛かりになるかもしれなかった。

つけ始めるとすぐに糸屋があって、そこへ入った。聞き込みをしたようだ。見ていると、しばらくして出てきた。さらに一軒、荒物屋へ立ち寄った。それから池之端界隈を離れた。

源之助と植村は、さらにつけた。二人の顔は、店に入るときに笠を取ったので見ることができた。年恰好は、三十代半ばと二十代半ばだ。

気づかれないように、距離は充分に空けていた。二人は筋違橋を南に渡り、町人地から駿河台の武家地に入った。

「いよいよですね」

源之助と植村は顔を見合わせた。

だが十字路へ来たところで、供揃えを調えた大名の行列が来てしまった。目の前を行き過ぎてゆく。ゆっくり進む行列は、なかなか終わらない。

「おのれっ」

駆け寄ったが、分け入ってゆくわけにはいかなかった。

「さっさと行け」

源之助は胸の内で呟いた。苛々（いらいら）しながら、行き過ぎるのを待った。

通り過ぎたところで、水溜まりを撥ね飛ばしながら駆けた。けれどもそのときには、二人の侍の姿はなくなっていた。

誰かに訊きたいが、人の姿はない。小ぬか雨が降るばかりだ。付近の辻番小屋で二人連れを見なかったかと尋ねるが、首を振られた。悔しいが、どうにもならなかった。

「さっきの糸屋と荒物屋を当たってみましょう」

源之助が言うと、植村は頷いた。池之端まで、急いで戻った。

「ええ。先日の法事の折に、警固に当たった与力の方の名を尋ねられました」

「やはりそうか」

襲った方か、亀の家の者かどうかは分からないが、せっかくの好機を失（しっ）してしまった。

「くそっ」

植村が奥歯を噛みしめた。

六

昨日に引き続き雨になった。朝から蒸し暑い。じっとしていても、汗が滲み出てくる。

執務を済ませた昼下がり、正紀は訪ねて来た山野辺と話をした。山野辺は、噴き出る汗を、手拭いでごしごし拭いた。冷やした麦湯を出してやった。

「ありがたい」

山野辺は、お代わりを所望した。正紀は、昨日源之助と植村が聞いてきた話を伝えた。

「おれの名が分かったら、襲ってくるのか」

来るならば来い、といった顔だ。

「逆に捕らえてやる」

と続けた。

「油断は禁物だぞ」

その気になれば、向こうがあの日の与力が誰だったか探り出すのは、そう難しいことではない。正紀は気になった。

山野辺は正紀と共に、神道無念流戸賀崎道場で剣の腕を磨いた凄腕だ。容易くはやられないが、相手が複数ならば何があるか分からない。隠し場所を探るためならば、何でもする輩だと考えるべきだった。

「分かった、気をつけよう」

「それに越したことはない」

「だがここに預けたとは、気づかぬだろうな」

山野辺は、わずかに不安げな顔になった。高岡藩に迷惑がかかっては申し訳ないと言い足した。

「それはない。ただこの先は分からない」

「分かったところで、押し入って来るわけではなかろうが」

「それはそうだ」

「ただご公儀のお偉いところで、面倒なことにはならぬか」

亀は大物の子弟だと察しているから、山野辺は穏やかではない気持ちになるらしい。

「調べも藩に任せているのが、申し訳ない」

と続けた。

「いやいや、与力としての役目は果たさねばなるまい」

もちろん、役目が済めば調べはする。しかし時間をかけることはできない。

それから亀が少しずつだが、心を開いてきていることを伝えた。

「奥方と孝姫様のお陰だな」

「うむ。先日は、相撲を取ったぞ。なかなか気迫がこもっていた」

「それは何より。できれば少しでも、身の上を話してくれればありがたいが」

山野辺が言った。


山野辺が引き上げてからしばらくして、正紀は奥へ足を向けた。いつもならば孝姫と遊ぶ声や音がするはずだが、しんとしていた。孝姫は寝ているのかと思ったが、そうではなかった。

寝ているのは、亀の方だった。変事があれば知らされるはずだったが、何もなかった。

「どうした」

覗き込むと、顔が赤い。辛そうに、時折顔を歪めた。

「いつもよりも、力のない様子でした」

昼食も残した。大丈夫だというので、様子を見ていたが、やはりどうもおかしい。

そこで京は亀の額に手を当てて驚いた。

「かなりの高熱で」

屋敷内に控えている藩医を呼んだ。正紀にも知らせようとしていたところだったとか。

「それは困ったな」

万一のことがあっては、亀にも、御家に対しても済まないことになる。

控えていた慈姑(くわい)頭の医者辻村順庵(つじむらじゅんあん)がやって来た。藩医ではあるが、藩邸外に屋敷を持ち旗本や町人も診た。初老だが、藩医の中では一番の蘭方(らんぽう)の名医といってよかった。

もっぱら正国の治療に当たっている。

正紀と京も病間に入った。それで寝ていた亀が目を覚ました。

「案ずるな、我らがついておる」

「医者に診てもらいます。もう大丈夫ですよ」

京も言った。優しい声で、正紀は少しばかり驚いた。自分はかけられたことがない。

これまでは孝姫に対してだけの声だった。

辻村は目や喉を診てから、脈を測り胸に耳を当てて心の臓の動きを検めた。腹にも手を当てた。丁寧な診察だった。

「熱は出ておりますが、心の臓も脈も、大きな乱れはありませぬ」

心労が体に出たのではないかと告げた。

「重湯（おもゆ）を啜（すす）らせ、充分に寝かせれば一日二日で元に戻りましょう」

それを聞いて正紀と京は安堵した。亀にとっては、激動の数日だったはずだ。親のことは一切口にしないが、恋しいに違いなかった。襲われた事情も、少しは分かっているのかもしれない。

医者が引き上げた後、亀は眠りに落ちた。

京が看取りを行い、正紀は折々様子を見に行った。薬湯を飲ませようとすると嫌がった。

「飲まなくてはなりませぬ」

京はここではきつく言って飲ませた。重湯も啜らせた。

再び眠りに就いた。

夜更けてから正紀が様子を見に行くと、やや熱が下がりかけたと京が言った。二人で寝顔を見ていると、目を覚ました。

ここはどこかという顔をしたが、正紀と京の顔を見て、自分がどこにいるか分かったらしかった。

「熱が、下がり始めていますよ」

京が声をかけた。ほっとした様子で、また眠りに落ちた。京は、今夜は朝まで看取ると言った。

「侍女をつければよいのではないか」

京の体のことを考えて正紀は言った。京は妊婦だ。

「いえこの子は、己の身に起きた出来事に圧され熱を出しました。心をかけてやることが治療だと存じます」

「そうだな」

正紀は納得した。

翌日、未明に起きた正紀は、亀の病間へ行った。この日も昨日からの雨が続いていた。梅雨のさなかとはいえ、鬱陶（うっとう）しい。

京は看取りを続けていた。熱はだいぶ下がったというので、額に手を当ててみた。まだ微熱があった。

眠っているが、苦しむ気配はなかった。

「そなたの体は、大丈夫か」

「はい。案じることはありません」

京の体も気になった。

そして外が明るくなったところで、亀は目を覚ました。京と正紀が、顔を覗き込んだ。

京が額に手を当てる。

「下がっていますよ」

笑顔を見せた。正紀も安堵した。こそばゆいような顔で、亀は二人を見上げた。

「具合はいかがか」

「楽になった」

「ならば重畳（ちょうじょう）」

正紀は返した。高熱と知ったときには魂消（たまげ）たが、医者の言う通り心労のせいだったと分かった。

事は解決していないが、これで少しでも気持ちが軽くなればと正紀は願った。

「かたじけない。亀之助（かめのすけ）は、そなたらに助けてもらった」

亀が言った。躊躇いのない言葉だった。熱が下がった安堵で心を許したのか、とうとう名乗った。

分かって口にしたのか、つい出たのか、それは分からない。ただ口にしてから、後悔する気配はなかった。

第二章　与力屋敷

一

山野辺は正紀と話をして、自分を捜す者がいることを知った。とはいえ今のところは、何者かにつけられている気配は感じなかった。

町廻りを済ませてから、池之端へ足を向けた。降り続く雨で、水面はあばたになっている。生池院弁財天(しょうちいんべんざいてん)が、雨にけぶっていた。山野辺は番傘を手にしている。

「本当におれを捜しているのならば、待ち構えてやろうではないか」

池に目をやりながら、山野辺は考えた。向こうから近づいてくるならば、好都合だという気持ちだ。

「捜す者が何者か、逆に正体を暴いてやる」

亀と出会った周辺から、改めて聞き込みを始めた。

「おれを捜す者はいないか」

という問いかけだ。

「旦那を捜しているのですか」

「そうだ。そやつは、悪事を企む者だ」

と告げて廻った。

「来ませんね」

そんな返事がもっぱらで、現れたらすぐに土地の岡っ引きに知らせろと伝えた。

だが問いかけて返ってくる言葉は、それだけではなかった。

「ええ、昨日来ました。たぶん、旦那のことを訊いてきたんだと思います」

「何と答えたのか」

「名は分からないので、何も答えられませんでした」

困惑の顔で、甘味屋の女房は言った。二人の侍で、歳は三十代半ばと二十代半ばくらいだったとか。侍についてそれ以上のことは、女房には分からない。

そうやって廻っていると、本当に何者かにつけられている気配があった。

「現れたな」

それとなく振り返った。やや離れたところに、桐油合羽を身に着けた二人の侍の姿が見えた。

しかし直後二人は、すぐに横道に入ってしまった。ただその後は、つけられる気配がなくなった。つけていたのかどうかの断定はできなかった。

「惜しいことをしたな」

桐油合羽の二人がそうならば、こちらがつけられやすいように振る舞うべきだった。またつけていたのならば、向こうは北町の与力を特定できたことになる。戦っているので、こちらの顔は分かるはずだ。

ただこうなると、気軽に高岡藩上屋敷には出入りできないと感じた。若殿の隠し場所として怪しまれる。

翌朝山野辺は、北町奉行所を出たところでまたしてもつけられている気配を感じた。昨日、池之端へ行ったときと同じだ。

空は降ったり止んだりの気配で、傘を手にしている。

歩きながら、振り向きたい気持ちを抑えた。昨日は振り返って逃がしてしまった。

河岸にある薪炭屋の倉庫の前に手代がいたので、問いかけた。

「おれを見張っている気配の侍はいないか」

それとなく見回してくれと頼んだ。店の者に話しかけるのは、仕事のうちだ。これならば怪しまれないだろう。

手代は通りに目をやった。

「そういえば、深編笠の侍が二人いますね」

「やはりな」

まだ決めつけられない。そのまま町廻りを続けた。その間中、つけてきている気配があった。

「ならばどこかで、ひっ捕らえてやろう」

と考えた。そこで浜町堀の小川橋まで連れて行くことにした。煽って刀を抜かせ、捕らえるつもりだ。

浜町堀は神田堀から南に向かって大川へ出る掘割だ。荷船が日々行き交っている。

神田界隈では両河岸は町家だが、日本橋界隈になると、途中から武家地になる。小川橋の東河岸は武家地で、そこからは人気も少なくなる。

ただ一人では逃がす虞があるので、土地の岡っ引きに小川橋に出張るように、人を走らせた。

止んだかと思っていた雨が、また少しばかり降ってくる。気にせずに歩いた。まったく振り向かないから、ついてくる気配は続いた。

もし離れるようならば、逆にこちらがつける。岡っ引きが待機するための時間を取ってから、小川橋へ行った。

橋の下に船着場があり、野菜を積んだ百姓の舟が停まっていた。近くの女房が、青物を買っている。

すでに土地の岡っ引きは来ていて、さりげない様子で橋袂(はしだもと)近くにいた。目で合図を送った。

山野辺はさらに河岸の道を進んで、深編笠の二人を岡っ引きと挟む形になった。そこで山野辺は、初めて振り返った。

「つけてきたな」

「知らぬ」

「とぼけるな。町奉行所を出たところからだ。気づいていたぞ」

動揺はあったらしいが、深編笠で顔は顎のあたりしか見えない。

「ふん。同じ道だっただけであろう」

二人は後ろへ下がって、小川橋を西へ渡ろうとした。しかし岡っ引きとその手先が、逃げ道を塞いだ。

「おのれ」

戸惑った様子を見せたが、一人が刀を抜くともう一人も抜いた。刀でけりをつけるしかないと考えたらしかった。

「やっ」

片方の侍が山野辺に斬りかかってきた。山野辺は横に跳んで、一撃を躱した。もう一人は、十手を抜いた岡っ引きと手先に向かっている。

山野辺の相手は、躱された刀身を再度振り上げた。休まず振り下ろしてきたのである。

ただ動きが大きかったから、慌てずに刀身を撥ね上げた。そのまま切っ先の向きを変えて、小手を突いた。

けれども相手の動きは速かった。

横に跳んで、すぐに身構えている。こちらが構え直す前に、切っ先を突き出してきた。

山野辺は斜め前に出ながら、そのまま刀身を前に出した。二の腕に突き刺さる一寸

（約三センチ）ほど前で、相手の切っ先を撥ね上げた。

それで相手の体が、わずかに傾いだ。力が入りすぎていたのだろう。その隙を逃さず、山野辺は肩先を狙った一撃を振り下ろした。

相手が繰り出した守りの刀が、こちらの刀とぶつかって高い金属音が響いた。すると目の前にあった刀身が、いきなり後ろへ引かれた。

相手は徐々に押されている。争う気持ちを、なくしたらしかった。

「小野瀬殿、引くぞ」

もう一人も、二人を相手にして押され気味だったようだ。声をかけると、後ろへ身を引いた。

深編笠の二人は、河岸の道から船着場へ走り込んだ。

そこには青物を積んだ百姓の舟が停まっている。百姓は、いきなり現れた白刃を手にした侍に仰天して、逃げることもできずにいた。

その舟に、二人は乗り込んだ。一人が百姓を突き飛ばして、船着場に転ばせた。もう一人が、艫綱を切り艪を握った。

舟は大川方面に滑り出た。

「おのれ」

そのままにはできない。山野辺は周囲に目をやるが、追いかけられそうな舟は付近にはなかった。そこで河岸道に出て、陸路を走って追った。岡っ引きたちもついて来る。

舟は勢いよく漕がれてゆく。こちらも全速力で、何とか追いつけた。

「荷船があるぞ」

と声が出たが、満載の荷船だった。それでは追えない。乗れる舟は、ついに現れなかった。

「おおっ」

侍二人を乗せた舟は、大川に出てしまった。そこでようやく、河口の船着場に空の舟が停まっているのを見つけた。人を乗せる舟だ。

「おい、乗せろ」

船頭は他の客を乗せるつもりだったらしいが、十手にものを言わせて乗り込んだ。

「あの舟を追え」

山野辺は指差しをした。

「ど、どの舟で」

広い大川の水面には、同じような舟がいくつもあった。すでに遠くに離れている。

「あれだ」

と言っても、見極められない。船頭はおろおろするばかりだ。そのうちに、どんどん離れて見分けがつかなくなった。

「くそっ」

山野辺は奥歯を噛みしめたが、侍の一人が小野瀬という名だとは分かった。それだけでも収穫だった。

二

昨日未明、熱の下がった亀之助だったが、夕方近くには平熱に戻った。体が楽になると、子どもは寝ていられない。

起き出して、孝姫と遊べるようになった。

孝姫を可愛がる。京の言うことをよく聞く。母子(おやこ)のようだ。

「亀之助殿、まだ無理はいけませぬよ」

「はい」

「一応、強壮の薬湯を飲んでおきましょう」

京の呼びかけに、素直に答えた。苦い薬湯を、顔を顰めて飲んだ。

そして今日の正午近く、山野辺の手先が文を持ってきた。つけられる虞があるので、なるべく近寄らないとの言伝もあった。

文の内容は、今朝になって町奉行所を出たところからつけられたこと、浜町堀の河岸で逃げられたが、小野瀬という名が分かったことが記されていた。

「これは大きいぞ」

具体的な目当てができたことになる。源之助と植村を呼んで、亀之助を捜す侍二人のうちの一人を小野瀬として、聞き込みに出るよう命じた。

昼下がりになって正紀が奥へ行くと、亀之助が頼みたいことがあると声をかけてきた。初めてのことだ。

「何でござろう」

「寛永寺前の広小路に出られぬか」

「ほう」

襲われて怖がっていたが、初めて外へ出たいと言った。少しばかり驚いた。降ったり止んだりの空模様だったが、昼過ぎてから薄日が差してきた。

「半刻ほどでよいのだが」

襲った者が亀之助を捜しているのは間違いないが、外へ出たいという気持ちは大切にしたかった。

「引っ込んでいるばかりでは、埒があきませぬ」

京は、賛成の意を示した。ただ無理はさせないようにと、念は押した。

「そうだな」

正紀もその気になった。下谷の広小路ならば、屋敷から目と鼻の先だ。半刻でも、楽しんでこられる。

正紀と亀之助は、杉尾善兵衛と橋本利之助を供にして屋敷を出た。杉尾と橋本は廻漕河岸場方で、今日は仕事がなかった。源之助と植村の代わりだった。

亀之助には、頭巾を被らせた。他は深編笠を被った。

屋敷を出て少しばかり歩くと、賑やかな広場に出た。露店が並び、大道芸人が口上を述べている。

「首の長い女だ。めったに見られないよ」

見世物小屋の木戸番が、呼び声を上げていた。怪しげな見世物もある。どこからか饅頭を蒸す甘いにおいも漂ってきた。

梅雨の短い晴れ間だからか、たくさんの老若の人が出ていて、露店を冷やかしたり大道芸人を囲んだりしている。それらの喧騒が、体を包んだ。

法事のときとは、まるで様相が違う。同じ場所とは思えない。亀之助は驚きの目を、あたりに向けていた。

「何か、見ますかな」

見世物小屋の並ぶあたりに目をやりながら、正紀は言った。何でも、見たいものを見せると伝えた。

「そうだな」

亀之助はしばし悩んだ様子だったが、「あれ」と曲馬の建物を指さした。

「馬の稽古を、始められたか」

「うむ。少し前にな」

木戸銭を払って、筵がけの小屋に入った。中央に広いとはいえない馬場があって、三方を囲んで客が見る。

馬が現れ、器用に馬場の中を回った。勢いも出ている。乗り手が手綱から手を離すと、「わあ」と歓声が上がった。

乗り手は続けて走る馬の上で逆さになったり、横に寝そべったりした。亀之助も声を上げた。

なかなかに巧みだ。稽古を始めたばかりだという亀之助は、その技術に感嘆したらしかった。

最後は二頭の馬が、馬場の中を疾走（しっそう）した。激しい蹄（ひづめ）の音が響いた。どちらかが少しでも勢いを弱めれば、勢いのついた二頭はぶつかる。乗っている者は、撥ね飛ばされるだろう。

正紀も、手に汗を握った。しかし何事もなく、馬は走り終え喝采を浴びた。小銭が飛んだ。

「いかがでござったか」

「面白かった。馬は難しい。怖いこともある」

興奮気味の口調で言った。習い始めたからこその言葉だろう。

それから屋台を冷やかして、饅頭を食べた。蒸籠（せいろ）から出したばかりの、湯気が上がるものだ。

「うまい。このような饅頭は、食べたことがない」

盛り場だから、浪人者を含めた怪しげな侍は少なからずいる。破落戸（ごろつき）ふうもたむろしていた。

杉尾と橋本は、周囲に不審者がいないか目を配った。

火の輪潜りの周りにも、人が集まっていた。歓声が上がっている。これも見させることにした。

ただ前で見る者が多くて、子どもの亀之助には、爪先立ちをしても人の背中しか見えない。正紀は武家の身分を笠に着て、前の者をどかせるような真似はしなかった。

後ろにいた子どもが、父親に肩車をされて見物をしていた。亀之助と同じくらいの歳の男児だ。

亀之助が、羨ましそうに父子に目をやった。

「よし。同じことをしてやろう」

正紀は深編笠を取ると、亀之助を同じように肩車して火の輪潜りを見物させた。

火の輪が、ぼおっと燃え上がった。男が、その輪の中に飛び込んだ。そしてくるりと体を回転させて起き上がった。

ここでも見ていた者たちが歓声を上げ、小銭を投げた。

「よく見えましたかな」

「うむ」

肩車から降りた後、何かを思う表情をした。もう少し肩車に乗っていたかったのかもしれないとは、後で気づいたことだ。

「何かござったか」

「いや、何もない」

それでも何か言いたそうだ。言葉を待っていると、口を開いた。

「あの者は、父親に肩車をしてもらっておった。わしも、父ではないが、そなたに肩車をしてもらえてよかった」

「肩車は、初めてでございまするか」

「そうだ」

少し寂しそう。

「父上は、お忙しいのですな」

正紀は慰めるつもりで言った。

「まあそうであろう」

呟くような声だった。御大身ならば、仕方がない。政務についているならばなおさらだ。ただそれを言っても、亀之助には分からないだろう。

「たまにでも、話をなさればよろしかろう」

正紀は考えもなく口にしたが、亀之助は力なく首を横に振った。

「父上とは、話をしたことがない」

またしても呟くような声だ。

「さようか」

返事のしようがなかった。

「ならば、母上と話せばよいのではないか」

「母上は、病がちでな」

掠れがちの声で、洟を啜った。泣いたのではなかった。両親から直に愛情を受けることはない。家来がいて豊かな暮らしをしていても、孤独な少年ということだと、正紀は考えた。

「わしが熱を出しても、父上はご存じないまま過ごされる」

それを当然だと思っているらしかった。

さらにいくつか、露店を廻った。子どもが集まる店があって、『飛んだり跳ねたり』というおもちゃを実演で売っていた。

「人形が、己の力で飛びまする」

老人が台を手で叩くと、上に載っている二寸（約六センチ）ばかりの張り子の人形が飛び上がった。体は人間で、顔は猿だった。おかめやひょっとこの顔もあった。

「わあっ」

見ていた子どもたちが、甲高(かんだか)い声を上げた。

安造りの人形だし、仕掛けは子ども騙しの品だ。人形を載せた台の下に細い竹切れを膏薬(こうやく)で止め、台を叩いて膏薬が離れると竹のバネの力で人形が飛び跳ねる仕掛けになっていた。

飛び出した人形を元に戻せば、何度でも遊べる。

珍しいからだろう、見ていた子どもは親にねだって買い求めた。亀之助は興味深そうに眺めながら言った。

「あれが買いたい」

四十文だ。高いおもちゃではない。

「買って進ぜよう」

「いやいや、わしが買うゆえ、金子を出してもらうわけにはいかぬ」

「遠慮をなさらずともよろしい」

「いや、あれを孝姫への土産(みやげ)にしたい」

だから銭は、自身が出さねばならないという理屈らしかった。なかなか律儀だし、意志が固い。

「ただわしは、金子を持たぬ。そこでこれをそれに充ててほしい」

見事な腰の脇差を抜こうとした。

「それには及びませぬぞ」

正紀は言って、亀之助が腰に差している扇子を指さした。

「それでも釣りがくるでござろう」

扇子を四十文で引き取った。銭を握らせた。

「かたじけない」

受け取った四十文で、亀之助は自分でおもちゃを買った。猿にするかおかめにするか迷ったが、猿の方を選んだ。

「金子を出して物を買うのは、初めてだ」

だいぶ緊張をしていた。

「孝姫は、喜びますぞ」

正紀が告げると、嬉しそうな笑顔になる。亀之助が、初めて子どもらしい屈託のない笑顔を見せた。

三

　同じ頃、源之助は植村と共に駿河台にいた。大名や旗本の屋敷が並んでいる。練塀(ねりべい)の向こうの青葉が、続く雨に洗われて鮮やかに見えた。

「山野辺殿をつけた者たちは、亀之助殿を襲った者に違いない」

「ええ、駿河台で見失った者たちでござろう」

　源之助の言葉に、植村が応じた。前は捜せなかったが、今度は小野瀬という名が分かった。

「二人は当主ではなく、家臣でしょうね」

「ええ、その線で捜しましょう」

　大名や旗本の屋敷が並ぶあたりだ。人通りはなく、しんとしている。大名や旗本の武鑑で検めると小野瀬を当主とする屋敷は駿河台界隈にはなかった。大名家で家老職の者がいたが、それは違うと考えた。

「家老職の者が配下を使わず、自ら手を下すわけがない」

　源之助の判断に、植村は頷いた。このあたりでは、尋ねるとしたらまずは辻番小屋だ。目についたところから訊いてゆく。

「さあ、耳にしない苗字ですなあ」

反応はない。

「家臣の侍といってもいろいろで、下の方だと分かりようもないですね」

年に禄三両一分のさんぴんと呼ばれる最下層の侍ならば、各屋敷に少なからずいると言っていた。半年や一年だけの渡り者の奉公人もいる。番人にしてみると、そうした者たちの名など覚える気もないようだ。

「その小野瀬というお侍が、何かしでかしたのですか」

と尋ねてくる者もいた。これは適当にあしらった。

夕暮れ近くまでに、駿河台のあらかたの辻番小屋を廻ってしまった。通りかかった侍にも「卒爾ながら」と問いかけをした。しかし小野瀬なる侍の姿は浮かんでこない。

「どうしたものか」

と源之助が腕組みをすると、植村が言った。

「小野瀬が酒飲みならば、近くの町の店で飲んでいるのではないでしょうか」

「おお、そうですね」

それで三河町新道へ足を向けた。駿河台の武家屋敷群に近いあたりだ。飲食をさせる小店（こだな）が並んでいる。

目についた煮売り酒屋へ入った。煮付けは売っているが、まだ明るいので酒を飲んでいる者はいなかった。

敷居を跨ぐと、煮しめのにおいが鼻を覆ってきた。

蒟蒻（こんにゃく）の煮付けを盛った丼（どんぶり）を抱えた老婆が、引き上げて行った。その相手をしていた中年の女房に、武家の客について問いかけをした。

「ご家臣だけでなく、渡りの若党や中間（ちゅうげん）の方も見えますよ」

客同士で名を呼び合うし、お得意ならば名を覚えるが、小野瀬は聞かないと告げられた。

期待した分、がっかりした。とはいえ他に尋ねる手立てはないから、気持ちを切り替えてさらに訊いてゆく。

二人は正紀のもとで様々な聞き込みをしてきているから、多少のことではめげない。一日歩き通しても、何の成果も得られないなど珍しくなかった。

そして七、八軒目の佐柄木（さえき）町の居酒屋で反応があった。捩（ね）じり鉢巻きをした、初老の親仁だ。

「ええ小野瀬様ならば、月に何度かお見えになります」

歳を訊くと三十代半ばだそうな。小川町の一ツ橋通りに屋敷を持つ旗本沓澤家の家臣だと分かった。下の名は分からない。

「来るときは、いつも一人か」

「おおむねそうですが、つい何日か前には三人で見えました」

「二人ではないのか」

植村が念押しをした。二人でないのが意外だった。

「二人のこともありますが、先日は三人でした」

「皆、侍か」

「いえ。お一人は、商家の番頭といった様子の方でした」

「小野瀬殿以外の、二人の名は分かるであろうか」

源之助が、口調を柔らかくして訊いた。

「ええと」

親仁は思い出せなかったが、女房は覚えていた。侍は塚田という者で歳は二十代半ば、番頭ふうの名は分からないが、店の屋号は但馬屋だと思い出した。互いに呼びかけていて、耳に入ったのである。

但馬屋の店がどこにあって、何を商っているのかは分からない。

「酒肴の代金は、誰が払ったのか」

「番頭ふうの方です」

亀之助の一件に、商家が絡むのか。それだと、ややこしくなりそうな気配があった。

「但馬屋は、沓澤家に出入りの商人だな」

「そうかもしれませんが、はっきりとしたことはちと」

「塚田某は、沓澤家の家臣であろうか」

「さあ、それについても分かりませんが」

話しぶりから違うような気がすると言い足した。どちらも顔を見せるようになったのは最近で、塚田某は二度、番頭ふうは先日が初めてだった。交わしていた話の内容は覚えていない。ただ親し気には見えた。

そこで源之助と植村は、一ツ橋通りへ行った。辻番小屋で訊くと、すぐに沓澤屋敷の場所は分かった。

源之助と植村は、門前に立った。千坪ほどの敷地で、門番所付きの長屋門だった。門前の掃除は行き届いている。

「小旗本ではないですね」

近くの辻番小屋へ行く。先ほど問いかけをした小屋だ。沓澤屋敷について訊いた。

「殿様は伊左衛門様で、新御番頭をなさっています」

「御番衆か」

二千石高のお役目だ。新御番は将軍直属の常備軍で、戦時には将軍を守る。平時には殿中や城門の警備に当たった。武官として将軍に近侍する役目だから、その頭となると権限は大きい。またさらに高禄の役に就くための、足掛かりにもなる地位といえた。

辻番小屋の番人は、前には小野瀬を知らないと言ったが、塚田という名も、但馬屋という屋号も聞いたことはないと告げた。聞けたのはそこまでだった。

四

『飛んだり跳ねたり』を大事に持ち帰った亀之助は、早速京と孝姫のいる部屋へ行った。

「土産じゃ」

満足そうに言って差し出した。

「みやみや」

喜んだ孝姫は、置かれた張り子人形に顔を近づけた。そのときである。猿の顔をした人形が飛び出した。

よほど驚いたのだろう、孝姫の顔が歪んだ。

「わあっ」

次の瞬間には泣き出していた。大粒の涙が溢れ出ている。

面食らう亀之助は、どうしたらいいか分からない様子だった。息を呑んで見つめている。声もかけられない。

「よしよし」

正紀がなだめたが、泣き声は収まらない。京が抱き上げてあやしたが、それでも泣き続けた。

「すまぬことをした。喜ばせたかったのだが」

亀之助は項垂(うなだ)れた。予想外の展開に仰天し、自分を責めている様子だった。

孝姫を喜ばせたい。人形を露店で見て、まずそれを考えた。よかれと思ってしたことで、かえって孝姫を泣かせてしまった。

なかなか泣き止まない。消え入りたい気持ちになったのかもしれなかった。

京が、しばらく泣かせたところで、孝姫に話しかけた。

「いつまでも、泣いていてはいけません。亀殿は、そなたを喜ばせようとしたのです」

しかしそれでは泣き止まない。ただ泣き声の激しさは収まってきていた。

「ご覧なされ。あの張り子人形の猿は、愛らしいではござらぬか」

『飛んだり跳ねたり』を、京は指さした。半べその孝姫が、恐る恐る目を向けた。大泣きをしたときは、ろくに姿も見ていなかった。そして人形がいきなり飛び出した。それで驚いたのである。

「もう一度、飛ばしてみなされ」

京が亀之助を促(うなが)した。亀之助はわずかに躊躇いを見せたが、おもちゃを手に取った。

そして改めて、猿の人形を飛ばした。

正紀はどうなるかと案じたが、孝姫は、今度は驚かなかった。すでに泣き止んでいる。

「もう一度」

京に言われて、亀之助は再度人形を飛ばした。

「ああ」

孝姫が声を上げた。今度は、泣いてなどいなかった。人形がどういうものか、受け入れたようだ。好奇の目になった。

亀之助が、また飛ばす。

「とぶ、とぶ」

と言って、孝姫は手を叩いた。笑みが浮かんでいる。

亀之助はほっとした顔で、繰り返し人形を飛ばした。ついに孝姫は、満面の笑顔になって手を叩いた。動く玩具を見るのは初めてなのだ。

「もっと」

また飛ばしてほしいと、亀之助にせがんでいる。

「よしよし」

亀之助はいかにも嬉しそうに、何度も人形を飛ばした。

夜になって、聞き込みに出ていた源之助と植村が帰ってきた。やや興奮気味で、それなりの成果に満足しているらしかった。

正紀は報告を聞いた。

「そうか、そこまで分かったのならば、上出来だ」

名が分かったのは大きい。但馬屋という商人も絡んでいるのは驚きだ。武家だけの話だと思っていた。

「どこかの屋敷の出入りの者だな」

将軍の警護役である新御番頭とはいえ、二千石の身で事をなせるとは思えない。沓澤の向こうに、それなりの人物がいて、その家に出入りする者ではないかと正紀は考えた。

「ご苦労であった」

話を聞き終えた正紀は、二人をねぎらった。ただ正紀は、沓澤を知らない。

「亀之助殿は、沓澤家の若殿でしょうか」

植村が問いかけてきた。

「そうではなさそうだ」

聞いている言葉の端々から、亀之助の生家はもっと大身だと感じている。旗本家の御家騒動ではない。

「小野瀬と塚田が、沓澤の断りなく亀之助殿を襲ったとは考えられませぬ」

「いったい、亀之助殿とはどのような関わりがあるのでしょうか」

源之助と植村が続けた。

「どこかの大名家に、加勢をしているのでしょうか」

それはありそうだ。ただ武鑑を見ても、詳しいことは分からない。また但馬屋がどう繋がるのかの見当もつかなかった。

そこで正国に訊くことにした。今日は、体調はよいらしかった。昼過ぎから梅雨の晴れ間で、天気が爽やかだった。じめじめした梅雨空は、正国の体によくないようだ。

梅雨明けが望まれるが、もう少し時がかかりそうだ。

病間に入った正紀は、ここまでの顚末について伝えた後で、気になっていた問いかけをした。

「新御番頭の沓澤伊左衛門ならば、覚えているぞ」

一瞬鋭い眼差しになった。覇気が久しぶりに戻ったようで、正紀はどきりとした。

今は病の床に臥していても、かつては奏者番として、政権の中枢にいた。病がなければ、幕閣の一人としてまだまだ活躍できた人物である。

惜しいことだと正紀は思うし、本人は無念だろう。

「白河藩に連なる旗本だ」

「さようで」

白河藩主は松平定信だ。亀之助に、とんでもない大物が絡んできた。

「定信様のお指図でしょうか」

「あの御仁の施策は、危ういものがある。しかし初めから悪意を持って事をなすわけではない」

政敵ではあるが、認めるところは認めていた。正国もそのあたり分かっている。ただ周囲にいる者は、様々な動きをするだろう。

「忖度して、気に入られようとしているのでしょうか」

「そうかもしれぬ。しかし白河藩の関わりだけではないかもしれぬ」

正国も、沓澤の人となりを知っているわけではなかった。顔と名と役目が分かるだけだ。

「他の何者かが裏にいれば、亀之助の一件は奥が深いものになりますね」

「表には出なくとも、閣僚が動く案件やもしれぬ。山野辺は、とんでもない子どもを拾ってきたことになる」

「いかにも」

「一味はこれから、どのような動きをするかだな」

正国は口元に嗤いを浮かべた。病んでいても、強靭さとふてぶてしさがある。面白がっているようにも感じた。

五

山野辺は、高積見廻りとして町を廻っていた。手先の小者を連れている。晴れると、河岸の道に積まれる荷の量が増える。危ない積み方をする店もあるから、高積見廻りとしては注意を促さなくてはならない場面が増えた。

「晴れているうちに済ましちまいたいので、すみません」

袖の下を寄こそうとする者もいるが、それは受け取らない。

「積み直しをいたせ」

と命じた。積み方次第では、崩落で怪我人が出たり盗人の踏み台になってしまったりする。俵物だと、付け火をされる。

従わなければ、商いを差し止められる。それは商人には痛い。そんなやり取りをしているとまた、何者かに見張られている気配を感じた。

「よし。今度こそ、ひっ捕らえてやる」

そう意気込んだ。機会を窺っていると、向こうから傍へ寄ってきたので驚いた。

「卒爾ながら、お尋ねいたしたい」

と声をかけてきた。丁寧な口調だった。編笠を取ると、初めて見る顔だった。亀を襲った者ではない。殺気も感じなかった。

「それがし、筒井文左衛門と申す者でござる」

名乗った上で頭を下げた。後ろにいるもう一人もそれに倣った。筒井の年頃は五十歳前後で、背後の一人は三十代後半の歳で篠山忠七と名乗った。身なりは粗末ではなく、それなりの身分の者だと察せられた。

「何でござろう」

無礼ではないので、山野辺は話を聞く姿勢を取った。

「ご貴殿は、寛永寺での家綱様ご法事の折、池之端周辺で警固に当たられたとか」

調べていたのはこの人物だとなるが、年齢から考えると他にもいる。

「いかにも」

「その折、当家家臣の子弟の行方が知れなくなり申した」

若殿とは言わなかった。正直には、話していない。

そもそも若殿の行方が分からなくなるなど御家の恥だから、話せないのは分かるが、しかしそれではまともには対応できなかった。表向きは下手に出ていても、何を企んでいるかは分からない。

初めて話をする相手だ。

「心当たりは、ござらぬか」

問いかけてきた趣旨はこれだった。

相手は藩や身分を名乗ったわけではない。また名乗ったとしても、本当かどうかは分からない。それで訊いてみた。

「どちらのご家中でござろう」

「それはちと」

言葉を濁した。話すつもりはないらしかった。こちらがものを言う前に、相手が続けた。

「ご貴殿はその日、武家の子どもを連れて歩いていたとか。聞きましてござる」

「いかにも、連れていた。迷ったようでな。しかし、どこかの御家の家臣の子弟ではなかった」

山野辺は、やや強い口調になって返した。御家の名を聞き、確かめるまで、詳細を伝えるつもりはないと告げたのである。

「ううむ」

筒井は呻(うめ)いた。ただそれでも、藩名は明かさなかった。

「その子どもの居場所を、お教えいただけぬか」

「いや、家臣のご子弟ならば、そこもとらが捜す子どもではなかろう」

「いかにもだが、念のためでござる」

「事情が知れぬままでは、こちらも得心がいかぬゆえ」

それで通した。さらにやり取りがあったが、筒井らはあきらめて引き上げた。山野辺は、傍にいた手先に二人をつけるよう目で合図した。

そして手先は、半刻ほどして引き上げてきた。

「まかれました」

申し訳ないという顔で告げた。筒井と篠山は、つけられることを頭に入れて、近づいてきたのだと推量した。


そろそろ暮れ六つ（午後六時）の鐘が鳴ろうという頃、山野辺は八丁堀（はっちょうぼり）の屋敷に戻った。木戸門の前に立ったとき、何かいつもと異なる気配を感じた。けれどもそれが何かは、そのときは分からなかった。

「戻ったぞ」

声をかけると妻の綾芽（あやめ）が奥から飛び出してきた。血相を変えている。綾芽は、日頃は物事に動じない女だ。

「どうした」

「賊に襲われました」

「何だと」

仰天した。母親の甲と三歳の娘つうと共に、綾芽は外出していた。帰ってきてから、凶行に気づいたのである。山野辺には妹の弓がいたが、半年前に嫁いでもう屋敷にはいなかった。

八丁堀は町奉行所の与力同心の屋敷が集まる界隈である。賊が入るなど、聞いたことがなかった。よほど大胆な者といっていい。

「怪我人は」

死傷者が出ていたらただ事ではない。甲と綾芽、そしてつうは夕刻に出かけて、半刻余りで戻ってきた。その間の出来事である。

「それで久萬造が」

下男の老人で、留守番をしていた。

「斬られたのか」

どきりとした。

「二の腕を、ざっくりと」

久萬造は賊に気づいて、手向かいをしたらしい。その後で、当て身を喰らわされて気絶した。

刀傷は深かったが、腕なので命に別状はなかった。気づいた綾芽は、すぐに蘭方医を呼んで手当てをした。

「命に別状はないとのことで、何よりでした」

聞いて少しほっとした。

「それで、何を盗られたのか」

「検めましたが、何も」

「ええっ、まことか」

「はい」

甲が屋敷の中を検めたが、奪われたものは何もなかった。押し込みながら、何も盗らないというのは不思議だった。

「では、ただ久萬造を傷つけただけだったのか」

ありえない話だ。そこまでして押し込んだのである。

「いえ。そうではありません。押し入れの中を開けたり、納屋の中を覗いたりしていました」

「目当てのものがあって、捜していたわけだな」

「そうだと思います」

捜したがなかったので引き上げた、というわけか。

それから久萬造に話を聞いた。手当てを済ませた久萬造は、台所脇の部屋で静養していた。

「役に立たず、済まねえことをしました」

久萬造は山野辺の顔を見ると、留守番の役を果たせなかったことを詫びた。

「何を言うか。命が無事で、せめてものことだった」

山野辺は返した。無事な顔を見てほっとした。

「押し込んできたのは、顔に布を巻いた二人の侍でした」

井戸端で物音がしたので外に出ると、いきなり襲われた。必死に抵抗したが、当て身を喰らわされて意識を失い、気がつくと二人の侍はいなくなっていた。

「賊は四半刻にも満たない間いて、屋敷内を検めただけというわけだな」

「そ、そうなります」

「おかしな押し込みです。気味が悪い」

と綾芽は首を傾げる。

「また何かを、してくるのでしょうか」

と続けた。

「いや。もうやつらは、来ないだろう」

山野辺が答えると、綾芽と久萬造は、疑問の目を向けた。襲った侍は、満足していないと考えるからだろう。

「やつらは、亀がここにいるかどうか確かめたのだ」

亀のことは、綾芽には話していた。

いないと確かめれば、もう八丁堀の与力屋敷を襲うなどの危ない橋は渡らない。もし一人を襲う間に他の者が声を上げたら、周辺の与力同心の家の者がすぐにも押しかけてくる。そうならないために、甲や綾芽の留守を狙った。

「そういえば昨日、誰かが屋敷内を覗いているような気がしたことがありました」

綾芽が言った。すぐに気配がなくなったので、誰かに伝えることはしなかった。今になって思う話だ。

二人組でも筒井らではなく、小野瀬たちの方だと考えられた。

やつらは八丁堀の屋敷を探り当てた。亀がいれば奪い去りたいと考えたが、外から見るだけでは分からない。それで老人一人の留守を狙って押し込んだのだ。亀がいれば、攫って行ったのだろう。

自分ではなく、屋敷を襲うとは考えもしなかった。迂闊だった。

六

「そうか。八丁堀の与力屋敷に押し込むとは、なかなか大胆だな」

夜更けてから、山野辺が高岡藩上屋敷を訪ねて来た。正紀は襲撃の一件を聞いた。山野辺はつける者がいないか、慎重に注意しながら、裏門から屋敷内に入ったのである。文で伝えるだけでなく、意見交換をしたいと告げた。

正紀は、亀之助が名乗ったことと、源之助たちが沓澤と塚田の名を探り出したことを山野辺に伝えた。

「亀之助が、それだけ大物だというわけだな」

と山野辺。

「さらに沓澤の一派が、亀之助が屋敷に戻っていないことにも気づいている」

「実家の屋敷を見張っているからか、筒井らの動きを見ているわけだな」

「殺せと命じられているのであろう」

　理由はまだ分からない。

「となると押し入られ、屋敷内で殺された場合には、面倒なことになるな」

　亀之助のことは、町奉行には伝えていない。山野辺が勝手にしていることだった。

明らかな不祥事になれば、山野辺は切腹で御家は断絶だ。

　初めに高岡藩上屋敷に連れて行ったときとは、状況が違う。

「預かっているのは、当家だ。押し入るのは、ただ事ではないぞ」

「それはそうだが、忍び込んでくる者がないとはいえないからな」

「油断は禁物だ。しかしまだ、小野瀬らにしても筒井らにしても、亀之助殿がここにいることは気づいていないだろう」

「いかにも。分かっていないから、八丁堀の屋敷を検めたのであろう」

　山野辺が返した。大怪我をした久萬造は災難だった。

「筒井らは亀之助殿の守役か何かで、見失った落ち度を責められた上で、亀之助殿を捜し出すよう命じられているわけだな」

「そんなところだろう。しかも藩名は出すなと命じられている」

「沓澤の方は、やることが手荒い。気をつけねばならぬ」

今度は正紀が、亀之助の様子を伝えた。

「土産を買ってきて、孝姫に泣かれたわけか」

「まあな。幼い子を、思いやる気持ちを持てたのは何よりだ」

「おぬしら夫婦や孝姫に、心を許してきたのであろう」

それは正紀も感じる。

「そろそろ出自を漏らしてもよいように感じるが」

「尋ねてはどうか。そろそろよいのでは」

山野辺はせっかちだ。

「それは考えたが」

正紀は、あまり気が進まない。

「せっかく開いた心を、閉ざしてしまうのではないかと案じるからか」

「それもあるが、言いたくても言えないということもありそうだ」

御家騒動が表に出れば、公儀はそのままにはしない。たとえ七、八歳でも、それは分かるのではないかと感じる。

亀之助は、賢い子どもだ。武家の子は、物心ついたときから御家というものを叩き込まれる。

山野辺が帰るとき、その前に源之助が屋敷の周辺を検めた。

「不審な者はいません」

念には念を入れた。


翌十五日は月次御礼で、正紀は登城をした。供揃えをしての行列は、なかなか厄介だ。源之助や植村を伴って徒歩で出かければ世話はないが、そうはいかない。格式を保つことが公儀の基本方針だ。

朝から雨で、行列の一同は桐油合羽を身に着けていた。

城内に入った正紀は、御大身の様子を窺うことにした。無役の大名は登城をしても、することはない。

同室の大名と雑談をするくらいのものだ。

伺候席である菊の間縁頬にいては何も分からないから、正紀は廊下に出た。少なくない、大名旗本の行き来がある。廊下の庭に面した隅で立ち止まった。風があるだけ、部屋にいるよりも過ごしやすい。

まず目にしたのは、定信と本多忠籌の老中二人だった。何か話をしていた。正紀は廊下の端に退いて黙礼をしたが、一瞥も寄こすことなく行き過ぎた。

正紀に気づかないはずはないが、無視をした。尾張一門だと知ってのことだろう。

次に姿を見たのは、伯父の宗睦だった。加賀藩の前田治脩と一緒で、正紀は顔だけは見たことがあった。

宗睦は近寄ってきて、正紀を紹介した。

「以後、よしなに」

宗睦が口添えをしてくれた。

「こちらこそ」

治脩も如才ない。それだけで別れたが、前田を紹介したのは厚意だった。政局は定信一派が主流だが、宗睦もじっとしているだけの者ではなかった。

そしてしばらくしてから、御三卿一橋徳川家当主の治済が現れた。四十一歳、将軍家斉の実父だから、廊下にいる者は立ち止まって端に寄り頭を下げる。

治済は声をかけてはこないが、答礼はした。もちろん正紀にもだ。

並んで歩いているのは、松平信明だった。三河吉田(よしだ)藩主である信明はまだ二十九歳だが、老中として辣腕(らつわん)を揮っていた。

定信と歩調を合わせていて、尊号の一件以来治済とは不仲なはずだが、治済は何かしきりに話しかけていた。精力的だ。

敵でもかまわず利用する、と睦群は話していた。

このとき近くに高須藩主の松平義裕がいたので、正紀は声をかけた。義裕も治済と信明に目をやっていた。

「治済様は、なぜ信明殿と」

一門だから、遠慮なく問いかけができる。

「いろいろと企んでいるのではないか。いろいろとな」

意味ありげに笑ってみせた。治済の企み事は一つではないのかもしれない。

その他にも御大身の姿を目にした。御三卿の一つ、清水徳川家当主重好の姿も見かけた。颯爽という歩き方ではない。足を引きずり、肩を落としていた。顔色もよくなかった。

病がちで、登城できない日もあると聞いたことがあった。

各大名家には、それぞれの事情や出来事があるはずだった。財政逼迫をしているのは高岡藩だけではないし、跡目相続で揉めている御家もあるだろう。ただ当主の城中での姿を目にするだけでは、家中で何が起こっているか具体的なことは見当もつかなかった。

沓澤伊左衛門の顔を見ておきたかったが、沓澤の登城日ではなかった。

七

正紀は柳の間へ行って、睦群を呼び出した。廊下の隅で、周囲に目を配りながら亀之助の名が分かったことと、襲ったのが旗本沓澤伊左衛門の配下であることを伝えた。

山野辺の屋敷に、侍二人が押し入ったことにも触れた。

「八丁堀与力の屋敷に押し込むというのは、なかなかに強引だ」

「それだけ、慌てているのかもしれません」

これは正紀の考えだ。

「それにしても、新御番頭が出てくるとはな」

さすがに睦群は、沓澤の名を知っていた。

「白河藩に連なる者ならば、面白いことになるかもしれぬぞ」

「どのようなことが考えられますか」

「まだ分からぬが、当たってみる価値はある」

目を輝かした。前から、政局に繋がると踏んでいる。宗睦の耳にも入れてあるとか。

「それにしても亀之助なる若殿は、どこの生まれか。よほどの御家だろう」

「それは」

正紀も思っている。

「これも当たってみよう」

睦群は請け負った。尾張藩には、各大名旗本家の最新の情報が入る。長話はできないから、それで離れた。


翌日の夕刻、正紀は睦群から今尾藩上屋敷に呼び出された。呼ばれたわけは、見当がついた。珍しく酒が振る舞われた。

「飲みながら話そう」

睦群は上機嫌だった。酒を注ぎ合った。盃の酒を一気に飲み干してから、睦群は本題に入った。

「亀之助がどこの若殿か分かったぞ」

「それは何より」

そんなところだろうと思っていた。

「驚くな」

と告げられたが、驚きはしないと胸を張った。

「将軍家斉様の実弟だ」

「な、何と」

これは仰天だった。まさかそこまでとは思いもしなかった。すぐにはそれ以上の声が出ない。睦群は続けた。

「すなわち一橋徳川家当主治済様の七男だ。七歳になる」

長男の家斉は将軍職に上り詰めたが、一橋家には次男の治国（はるくに）がいて、これが世子となっていた。さらに六男の斉敦（なりあつ）などもいるので、七男ではいくら一橋徳川家の者でもよほどでなければ分からない。

「宗睦様が、ご存じだった」

「なるほど」

主だった公家や大名家の一族の繋がりを、宗睦はおおむね頭に入れている。それを武器にして近づく、人誑（ひとたら）しでもあった。

「一橋家でしたか」

聞いても、にわかに信じがたい気がした。

「あの亀之助殿の父が、治済様とは」

何を聞いても驚かないつもりだったが、これはいきなり殴られたような気分だった。昨日城内で顔を見たが、実子が行方不明になっていることなど、まったく窺(うかが)わせなかった。

「あの御仁ならば、実子がいなくなっても、その身を案ずるよりも御家の不名誉を隠そうとするであろう」

「警護をきちんとできない御家とされるのを、嫌がるわけですね」

「そういうことだ。己や一橋家に非があっても、認めることができぬ御仁だ」

「しかし亀之助殿の命に関わることですぞ」

この部分では、正紀に不満があった。

「だから筒井や篠山なる家臣を使って、密かに捜させているのであろう」

「一橋家の面目(めんぼく)のためにですね」

「そうだ」

正紀は、父親とは話をしたこともないと漏らした亀之助の言葉を思い出した。熱を出しても、知らないまま過ぎる。

「ならば公にならなければ、亀之助殿はどうなってもよいと」

だいぶ捻(ひね)くれた言い方になった。

「それは違う。治済様は、本気で捜させているはずだ」

「何といっても、情があるからですね」

「そうではない。養子の話を進めたいと考えておいでだからだ」

情などあるわけがなかろう、と当たり前のように付け足した。

「養子ですって」

告げられた直後は何とも思わなかったが、すぐに気がついた。亀之助は今のままでは、一橋徳川家を継ぐことはできない。どこかで婿なり養子なりにならなくてはならない身の上だった。

それは今尾藩にいたときの正紀と同じだ。

「しかし一橋家の生まれならば、養子の先などどこにでもあるでしょう」

まして将軍家斉の実弟だ。

「あの治済様が、どこでもいいと考えると思うか」

思慮が足りないと、目が言っていた。

「まあ、それは」

できるだけ大きいところ、己の勢力を伸ばせるところを選ぶに違いない。

「あの御仁にとっては、わが子であっても、己の勢力を伸ばすための駒としか考えぬであろう」

「…………」

亀之助が不憫になった。正紀は盃の酒を啜った。

「していったいどこに」

これはぜひ聞いておきたい。

「清水徳川家だ」

「それは」

またしても魂消た。そういえば高須藩の義裕が、はっきりとは言わなかったが、それらしいことを口にしていた。睦群は続けた。

「今の当主の重好様には、嫡子がおらぬ」

「そうでしたね」

これは知っていた。言った後で、正紀は昨日城中で見かけた重好の病んだ顔を思い出した。

「亀之助が世子となり、病の重好様が亡くなられたら、どうなる」

「治済様の実子が、清水家の当主となります」

「そういうことだ」

家斉だけでなく、御三卿のうちの二家を手中に収めたことになる。

「盤石ですね」

「定信殿ら老中たちでも、どうすることもできない立場になる」

「となると定信様らの一派は、面白くないですね」

正紀は口にしてから、腹の奥がにわかに熱くなるのを感じた。定信が藩主を務める白河藩に連なる旗本が、亀之助の命を狙っている。そのわけが、呑み込めたのである。

また亀之助が簡単には身分を話せないわけに、得心がいった。公儀の政局を揺るがす鍵を、七歳の子どもが握っている。

「定信殿が自ら命じたとは思えぬが、忖度した沓澤は、亀之助を亡き者にしようとしたのではないか」

「なるほど」

「沓澤なる者は、栄達を望む者と聞いたぞ」

確証はないが、状況を踏まえればそういう推量となる。そこで正紀は、肝心なことを尋ねた。

「では亀之助殿は、一橋へ返さねばなりませぬな」

これが筋だろう。いきなりやって来た子どもだが、心の内側がいく分なりとも窺えた。何やら寂しい気がした。

「亀之助は、それを望んでいるのか」

「いや」

望んでいたら、身分を明かしているのではないか。

「こちらは、何者か気づかぬままでいればよい」

「………………」

気づいていたならば、閉じ込めていることになる。

「今しばらく、様子を見よう」

「はあ」

「それが宗睦様のお考えだ」

これは、そうしろという命令でもある。否やはない。

「宗睦様には、何かお考えでもあるのでしょうか」

「それは分からぬ。しかし何もないわけではあるまい。こちらの手にある籠の鳥は、大きいからな」

ふてぶてしい顔で睦群は言った。盃の酒を、一気に呷(あお)った。酒を振る舞ったのはそのためだ。

正紀にしてみれば返すべきだと考えるが、亀之助が望んでいるとは感じない。しばらくは屋敷に置いておくことになった。

屋敷に戻った正紀は、睦群とのやり取りについて、正国と佐名木に伝えた。

「覚悟はしていましたが、いつの間にか当家は、大きな出来事の中心に関わることになりましたな」

「まったくだ」

ここまできたら、もう引くに引けない。

「厄介なだけではないぞ」

話を聞き終えた正国は言った。

「事がうまくいけば、その方は宗睦様の役に立ったことになる。これは大きい」

「そうかもしれませぬが」

正国は、高岡藩のこれからというところで、この一件を捉えていた。

嬉しいわけではない。七歳の子どもに、大人たちが思惑を巡らしている。正紀が願うのは、亀之助の今後について、何かの役に立てればということだけだった。

第三章　敵の正体

一

源之助は植村と共に、正紀の命を受けて小川町一ツ橋通りの沓澤家を探ることにした。小野瀬が家臣であることは確かめられたが、塚田や但馬屋の関わりは不明のままだ。

「何者か」

はっきりさせておかなくてはならないが、近くの辻番小屋では、尋ねても答えは得られない。

この日も早朝から小降りの雨で、傘を持って高岡藩邸を出た。

小川町に入ると、雨はいつの間にか止んでいた。道端（みちばた）の紫陽花が、今しがたまで降っていた雨の雫を落としていた。

屋敷前に立って長屋門を眺めていると、扉の向こう側に人の気配があった。

「一人や二人ではありませんね」

植村の言葉に頷いた源之助は、やや離れた場所に移った。

すぐに門扉が、内側から開かれた。

出てきたのは、十五、六人ほどの供揃えで、侍や若党、槍や挟み箱を手にした中間らが馬上の主人を囲む形になっていた。

「登城ですね」

「ええ。馬に乗っているのが沓澤でしょう」

植村の言葉に応じた源之助は、馬上の侍に目をやった。

四十代半ばの歳で、日に焼けた顔には生気がある。背筋を伸ばした姿は、武官といった雰囲気が漂っていた。

さらに供の侍たちの顔を、一人一人検めた。行列の中に、小野瀬や塚田がいるかどうかは分からない。

確かめる間もないまま、行列は行ってしまった。門扉も、すぐに閉ざされた。人気のない道になった。

沓澤の顔を見られたのは収穫だが、小野瀬や塚田についてはまだ確かめられない。但馬屋についてもだ。

「中間か、出入りの商人に訊くしかないでしょう」

ということで、裏門は源之助、表門は植村が様子を窺うことにした。しかし半日待っても、出て行く者も訪ねて来る者もなかった。

しばらく止んでいた雨が、また降ってきた。

傘を開きかけたところで、隣の旗本屋敷の裏門から若党が出てきた。慌てて源之助は近づいた。

「卒爾ながら。雨の中、ご無礼をいたす」

と問いかけた。隣家だから、沓澤家家臣の名を知っているのではないかとの考えだ。

「小野瀬殿ならば存じておるが、何か用でござるか」

「いや小野瀬殿ではござらぬ。親しくしている塚田殿について、ご存じなら伺いたい」

「さて、その名は聞かないが」

「家中には、いないのでしょうか」

「分からぬ。渡りの者ならば、知るよしもない」

それで行ってしまった。本当に知らなかったようだ。

傘を差しながら、潜り戸が開くのを待った。昼下がりになって、ようやく沓澤屋敷から中間が出てきた。源之助が声をかけた。

「塚田なる者は、当家にはいませんね。渡り者でもこの二、三年ではいなかったはずです」

あっさりと言われた。

「では、誰かの知り合いで、耳にしたことは」

「そこまでのことは、聞かないですね」

話にならないという顔をされた。それで行ってしまおうとしたので、さらに問いかけを続けた。

「では但馬屋という商人は、出入りしておらぬか」

「さあ、それも聞かぬ屋号で」

こうなると手も足も出ない。中間の姿が見えなくなったところで、表門を見張っているはずの植村が姿を見せた。あちらは、中間さえも出てこないとか。

一応、二人から聞いたことは伝えた。

「塚田は、沓澤屋敷の者ではなさそうですね」

植村が言った。表門と裏門の見張りを交代した。

そして夕刻前、登城していた沓澤の行列が戻ってきた。何事もないように、一行は門内に消えた。

源之助は、閉じられた門扉を見つめた。

「どうしましょうか」

植村と合流した源之助は、問いかけた。

「そうですね」

困惑顔の植村は首を傾げた。なんの成果もなく帰りたくない気持ちは、互いにあった。

「もう一度、小野瀬と塚田、但馬屋の番頭ふうの三人が飲んでいた佐柄木町の居酒屋へ行ってみましょうか」

源之助が提案すると、植村は頷いた。

屋敷の前から町家へ出て、先日の居酒屋へ足を向けた。前に話を聞いた女房を呼び出した。そろそろ店を開ける刻限なので、いい顔はしなかった。

源之助は、小銭を握らせた。

「短くしてくださいね」

とやられた。早速、問いかけを始める。

「あれから、小野瀬殿は飲みに来たか」

「ええ、昨夜お見えになりました」

「三人でか」

「そうです」

塚田と但馬屋の番頭ふうだ。源之助と植村は顔を見合わせた。やつらの動きが、活発になった気がした。

「どのような話をしていたか」

「さあ、それは」

しかし三人の隣で飲んでいた者を覚えていた。

「町内の荒物屋のご隠居です」

荒物屋の場所を訊き、すぐに足を向けた。何か、聞けるかもしれない。店に入って、隠居を呼んでもらった。

「そういえば二人のお侍と商家のお方が、隣の縁台で飲んでいましたねえ」

と覚えていた。六十代半ばといった歳で、髪は薄く顔には染みがいくつもあった。

ただ元気そうな老人だった。

「話の内容を覚えていたら、聞かせてほしい」

隠居はしばし考えてから口を開いた。

「与力がどうのと」

「町奉行所の与力だな」

「そうでしょうね」

山野辺のことらしい。三人の中の誰かが、つけていたということか。そこから何かが分かった気配ではなかったとか。

「では、他には」

「ええと、そうそう。太物がどうとかいうのもありました」

「但馬屋が商う品ですね」

聞いてすぐ、植村が口にした。決めつけるわけにはいかないが、見当外れではなさそうだった。源之助は頷いた。

「この界隈に、但馬屋なる太物屋はあるか」

「それはありません」

意気込んだが、そう都合よくはいかない。しかし捜せばありそうだ。

「他に気がついたことは。番頭ふうの名など、分からぬか」

思い出すのに手間取ったが、番頭ふうが利助と呼ばれていたことを思い出した。耳に入った話の内容は、それくらいのものだ。聞き耳を立てていたわけではなかった。

「私の方が先に店を出ましたが、知り合いとばったり会って少しばかりの間、立ち話をしました」

店の前でだ。すると間もなく、三人が店から出てきたのだとか。

「それでどうした」

「声をかけ合ってから、一人は店の前で別れました」

「どちらへ行ったか」

「お侍の一人はあちらへ、後の二人はこちらへ」

と隠居は指さした。一人は小川町の方で、他の二人は日本橋川方面だった。

夜も遅かったから、そのまま引き上げたと思われた。

塚田が帰る屋敷や但馬屋がある場所は、日本橋川方面だということになる。さらにその先かもしれない。

源之助と植村は、つける者がないことを確かめて、八丁堀の山野辺屋敷へ行ってこれまで見聞きしたことを伝えた。

二

「いったいいつまで、ぼやぼやしているつもりか」

「ははっ」

「万が一にも、亀之助の身に何かあったら、ただでは済まぬぞ」

一橋御門内にある御三卿のうちの一つ、一橋徳川家当主治済の御座所での話だ。治済は怒りで、額に青筋を立てている。

その前で平伏しているのは、筒井文左衛門と篠山忠七だった。額を畳にこすりつけたまま、体を動かさない。

どちらも亀之助の守役を務めていた。上士で一橋家譜代の臣だからこそのお役目だが、若殿の行方が知れぬままでは顔色がなかった。

四代家綱公命日の法事に参列した帰路に、亀之助が姿を消した。以来筒井と篠山、そして他の家臣も、亀之助の行方を捜していた。しかし十日近く経った今でも、まだ見つけ出せてはいなかった。

「そもそも小用など、寺にいるうちに済まさせておくべきであった」

「い、いかにも」

「その上、雪隠周辺の警護が至らなかった。そもそもその方が、日頃から甘やかすからこういうことになったのだ」

「まことに」

何を責められても、筒井はそう返すしかなかった。亀之助は小用を催してから、それなりに辛抱をした。それも限界になって、旧知の旗本屋敷を頼ったのである。甘やかしたつもりはなかった。

とはいえ言い訳は口にしない。治済の怒りは、簡単には収まりそうもなかった。

寛永寺境内を出たあと、行列の途中で、「小用を足したい」と告げられた。屋敷まで持たないと言うので、途中の一橋縁故の旗本屋敷で雪隠を借りた。

用を済ませた亀之助は、どうやら庭で珍しい蝶を見かけたらしかった。亀之助は無類の蝶好きだった。

雪隠近くには篠山が控えていたが、一瞬の隙を突かれた。亀之助は蝶を追って、屋敷を出てしまった。

気がついて慌てて追ったが、捜しきれなかった。

池之端で賊に襲われ与力の山野辺に救われたことは、足取りを追う中で分かったことだ。神隠しに遭ったのではなかった。旗本屋敷から攫われたのではないとはっきりした。

賊が屋敷内に押し入ってきたのならば、気づかないはずがなかった。

「亀之助は、命を奪われかけたというではないか」

「こちらの動きを、見張っていたものと存じまする」

「一橋家に連なる者の行列から、主がいなくなった。さらに今に至るまで、そのままになっている。前代未聞のことではないか」

「…………」

「世に知られたら、御家の面目は丸つぶれだぞ」

治済は何よりも、そのことに腹を立てていた。

「誰にも知られるな」

との厳命を受けての探索だった。これが探索の足枷（あしかせ）になった。「当家の若殿」とは言えないからだ。家名を明かすこともできない。

与力の山野辺が力を貸さなかったのは、そのためだと察していた。得体の知れぬ者に、子どもを渡すわけがない。

「しかも亀之助は、清水家への養子縁組を進めている折も折だ」

「さようで」

筒井と篠山は、さらに体を小さくする。この話は、前から聞いていた。

清水徳川家を我がものにしようという治済の野望だ。亀之助はそのための道具になるわけだが、筒井がそのことに意見を言える立場ではなかった。意向に沿うように動くだけである。

「亀之助は、与力の屋敷にはおらぬのだな」

「どこかに預けたようで」

「その場所の見当は、つかぬのか」

苛立（いらだ）たし気な口ぶりだ。

「よほどのところかと存じまするが、まだ分かりませぬ」

「商家か、武家か」

「それも」

「役立たずめが」

吐き捨てるような言い方だ。筒井はさらに体を硬くした。

「お命は、無事かと」

「当たり前だ。何かあったら、その方らが腹を切るだけでは済まぬ」

その覚悟は、すでにできているつもりだった。何であれ、亀之助は奪い返したい。

必死で捜していた。

「与力や預かった者は、亀之助が当家の者と気づいているのか」

「いないと存じます」

「亀之助は、話していないわけだな」

「おそらく。分かっていたら、何か言ってくるかと存じます」

しかしそれはなかった。

「なるほど。亀之助も、そのあたりは心得ているわけか」

その件については、わずかに気持ちが治まったらしい。

「しかし亀之助様を襲った者が、行方を捜しておりまする」

「わしの狙いに気づいた者たちであろう」

「おそらく」

何事もなければ、命を奪おうなどとはしない。

「あやつも、あやつも、あやつも怪しい」

治済は、拳を握りしめた。それが怒りで震えている。

『あやつ』とは、松平定信に与する者だけではない。尾張や水戸、治済を快く思わない有力大名の顔が頭に浮かんでいると筒井は考えた。

「よいか、後れを取ってはならぬ。早急に奪い返せ」

「ははっ」

「手段を選ぶな」

とはいえ、山野辺を殺してしまうわけにはいかない。どこにいるか知っている人物だ。そして亀之助を賊から救ってくれた者という思いもあった。

「よいか。あと十日の内に奪い返せ。できない場合は、二度とわしの前にその面を見せるな」

治済は二十七日と期日を切って、それまでに奪い返せなければ腹を切れと告げていた。

三

昨夜源之助から小野瀬と塚田、利助の話を聞いた山野辺は、翌日は、但馬屋を捜すことにした。雨は降らないが、朝から油照りで蒸し暑かった。

「神田界隈より南で、太物を商う店だな」

それだけでも分かれば大きい。広い江戸の町を、無闇に動くのとは違う。

山野辺が高積見廻りとして廻る区域には、但馬屋を屋号とする商家は、舂米屋と旅籠が一軒ずつあるだけだった。江戸には数限りない商家があるから他にもあるかもしれないが、裏通りの店や床店が関わるとは思えなかった。

そこで町廻り区域以外を当たることにした。噴き出す汗で、手拭いはすぐにぐしょぐしょになった。

井戸を借りて、手拭いを冷水に浸した。それで顔や首筋を拭くと、ほっとした気持ちになった。

亀之助を襲おうとしているのは沓澤で、その背後には定信を始めとする幕閣の影がある。しかし今のままでは、塚田と但馬屋の関わりが摑めなかった。

「但馬屋から別の大物に繫がるかもしれない」

と山野辺は考えた。神田と日本橋界隈、それに京橋界隈の半分ほどは毎日廻っている。しかし京橋の半分と芝あたりは、南町奉行所担当与力の町廻り区域になっていた。

詳細は分からない。そこで今日は、京橋の半分から廻ってゆくことにした。

町ごとに順に自身番へ立ち寄って、詰めている書役や大家に但馬屋を屋号にする太物屋があるかどうか訊いた。

「ありませんね」

と告げられれば次へ行く。

「ありますよ」

と言われても、それが海産物問屋では仕方がない。

それでも店の前まで行く。大名家御用達の店は、店先にその旨を知らせる板をぶら下げている。白河藩の名がないことを確かめた。

汐留川を南に渡る。そのあたりで、つけてくる者の気配をはっきり感じた。町奉行所からつけてきたのかもしれない。

「来たな」

商家の手代に話しかけながら、さりげなく後ろを振り返る。武家の二人組はいない。しかし動きのおかしい町人の姿はあった。

「銭で町人を雇ったな」

と考えた。何度か角を曲がり路地に入って、つけてくる者をまいた。

亀之助が将軍家斉の実弟とは、考えもしなかった。事情が分かれば、物言い物腰に納得がいった。

家名が明らかになって声をかけられれば、山野辺は「ははあっ」と言って返答をするしかない。しかし治済は、家名を明かさせない腹だ。町方など相手にしないだろうし、一橋家の威光を、亀之助の命よりも上に置いているのは間違いなかった。

「ふざけやがって」

と胸中の思いが、口から出る。亀之助を危機から救いたいと思うが、それは一橋家や治済のためではない。

さらに自身番へ寄って、問いかけをしてゆく。

「ええ、芝浜松町二丁目に、但馬屋という屋号の太物の問屋がありますよ」

と言う自身番の書役に、やっと巡り会った。主人は金兵衛で、三番番頭が利助という者だと分かった。

「繁盛している店か」

「大きくやっています。お大名家の御用を足しているそうで」

「主人の金兵衛は、どのような者か」

「町のためには、よくなさってくださいます」

書役は、金兵衛が商いだけでなく町の仕事もきっちりやると答えた。しかしそれは、表の顔だ。

「番頭の利助さんは子飼いの奉公人で、腰の低い方です」

やり手だと、小売りの者は話したとか。

それで山野辺は、但馬屋へ足を向けた。店舗は間口六間（約十・八メートル）の、界隈では大店と言っていい店の構えだった。

しばらく商いの様子を見た。人の出入りも多く、奉公人はきびきび動いていた。外から窺う限り、繁盛している店だと感じた。

近寄って、店先に貼られている木看板に目をやった。そこには『陸奥白河藩松平家御用達』と記されていた。

「やはり、定信の息がかかった店か」

山野辺は呟いた。ならば塚田は、白河藩士かと考えた。そこで山野辺は、直前まで店の前で小僧に指図をしていた手代に問いかけた。

「ずいぶん、繁盛しているようだな」

腰の十手に手を触れさせている。

「お陰様で」

慇懃に応じた。

「白河藩のご家中の出入りは、多いのであろうな」

「まあそれは」

旗本沓澤家に出入りしていることも、問いかけると認めた。

「沓澤家に、小野瀬殿という御仁がいることを存じておるか」

「はい。小野瀬平内(へいない)様ならば、よく存じております」

沓澤家の用人だと答えた。出入りの商人への対応をしているとか。

「では、塚田という侍を存じておろう。沓澤家の家臣か、あるいは白河藩士だと思うが」

「いや、その苗字を耳にしたことは」

首を傾げてから、「ありません」と告げた。

だとすると白河藩士でもなく、沓澤家の者でもないとなる。

「ならばいったい、どこの者だ」

山野辺は刀を抜いて立ち合っているが、浪人者の身なりではなかった。但馬屋と利助は突き止められたが、塚田が何者か分からない。

利助について、周辺でも訊く。

「なかなかの働き者ですよ。旦那さんに気に入られている」

ただ塚田らしい侍との付き合いは、窺えなかった。店を覗いて、金兵衛と利助の顔を目に焼き付けた。

四

執務の合間、正紀は奥の亀之助の部屋へ足を向けた。孝姫と遊んでいることが多いが、そういう日ばかりではない。

朝は起きると、木刀を手に庭に出て素振りをしている。実家でも、剣術の稽古は始めていたようだ。

そして今日、部屋から聞こえてきたのは素読の声だった。耳を澄ませると、論語の一節だった。

書見台の前で正座して、開いた書物に目をやっていた。

「よろしいか」

一息ついたところで、正紀は声をかけた。

「どうぞ」

亀之助と向かい合って座った。

「すでに、学問を始めておいでなわけですね」

「まだまだ、そのような」

書物は今日、京から借りたのだとか。

「よく、声が出ておいでだった。文字を読めるのですか」

「知らない文字ばかりで、迷う。耳で聞いて、だいぶ覚えたが」

「意味は分かりますか」

一応訊いてみた。

「よく分からぬが、声に出しているとよい気持ちになる」

「なるほど、それは何より」

正紀は頷いて続けた。

「学問の師は、いないのですか」

踏み込んで訊いてみた。答えたくないならば、それ以上は訊かない。

「松平乗衡（のりひら）先生に習う」

正式に師事するのはこれかららしい。松平乗衡は、正紀も名を知る若手の儒者だ。

「しかし今は、じいに習っておる」

じいとは筒井のことかと確かめたかったが、言葉を呑み込んだ。

「学問をするのは、嫌ではありませぬか」

「嫌ではない。読めなかった字が読めるようになるのは、嬉しい」

「それも、じい殿が教えるのですか」

「いかにも」

そこで、何かを考える顔になった。一橋家の屋敷のことを思い出しているのだと、正紀は察した。

屋敷を出て、今日で十日ほどになる。そろそろ戻ることを考える頃かとも思った。

「じい殿は、案じているのでは」

「そうかもしれぬ」

俯いた。父とは会話もなく、母は病がちとはいえ、一橋屋敷が亀之助の住まいだ。それでも、「帰る」とは口にしなかった。どこの家の者かも話さなかった。迷っているのかもしれない。

「亀之助殿は、清水徳川家への養子の話を耳にしているのか」

正紀は胸の内で呟いた。尋ねるのは酷だろう。


夕刻正紀は、源之助と橋本を供にして屋敷を出た。そして日本橋川に接した行徳河岸の船宿へ入った。ここは吉原へ繰り出す大店の主人などが、舟を待つのに使う。

三味線を使う太鼓持ち（たいこ）の声が聞こえた。蒸し暑い一日だったが、日が落ちると川風は心地よかった。

ここでは、山野辺が待っていた。山野辺を見張ったりつけたりする者がいると考えるから、念を入れて正紀は八丁堀の屋敷へは行かない。山野辺も高岡藩邸へは来なかった。

個室だから、誰かに見られることはない。

連絡は、北町奉行所の与力詰所にいる小者を経由して行った。船宿の主人は、山野辺が親しくしている者だ。

対面して、亀之助の様子を伝えると共に、互いに分かったことを教え合った。

「沓澤は曲者（くせもの）らしいが、背後にいるのは定信だけか」

「定信様というよりも、その取り巻きの動きだと思うが、まだよくは見えない」

正紀にとっては、じれったいところだ。

良くも悪くも定信は潔癖な人物だ。自ら沓澤に命じるわけはないし、沓澤だけで謀（はか）れることでもないと思われた。

「他にも黒幕がいるとして、それは誰か」

「塚田あたりが絡んでいるのではないか。但馬屋の思惑もあるからな」

そのあたりを、探らなくてはならない。

「亀之助にとって一橋屋敷は、戻りたい場所ではないわけだな」

山野辺の言葉には、ため息が混じっていた。正紀にしても山野辺にしても、七歳のときには、そんなことは一切考えなかった。

「しかし戻らなくてはならない場所だと、分かっているようにも思える」

正紀は、近頃感じることを口にした。

「治済様も冷酷な方だ。宗睦様もな」

「まことに」

亀之助を利用しようとしているのは、治済だけではない。宗睦も同様で、自分もそれに加わっていると正紀は感じた。

ただ亀之助は今、幼いなりに己の居場所について考えていると受け取っている。治済の血を引く者としての宿命から逃げられない以上、受け入れるための時間は、必要かもしれなかった。

「天下の政（まつりごと）に関わろうとする御仁は、それくらいでなければやれないということか」

山野辺が呟いた。仕方がないといった顔だ。

「それにしても、塚田が何者か炙り出したいな」

それで出来事の全貌が見えてくるはずだった。これからの動きについて、打ち合わせた。亀之助を守る方向でだ。

五

「申し上げます」

船宿には半刻ほどいて、正紀がそろそろ引き上げようとしたとき、源之助が廊下から声をかけてきた。抑えた言い方だ。

「外で見張っている者の気配があります」

正紀が船宿に入ったときから、源之助と橋本は隣の部屋に入っている。窓を小さく開けて、周辺の様子に気を配っていた。

「どのような者か」

「暗がりにいるので歳などは分かりませんが、町人です」

一人だと付け足した。正紀が船宿に入って少しした頃に気がついた。船宿へ来る道筋では、つけてくる者の気配はなかった。

「時折場所を変えますが、船宿が見えるところから離れません。見張っているのは確かでしょう」

「筒井殿らか、小野瀬の一味か」

「利助かもしれません」

町人なら利助の線は濃いが、銭で雇われた者かもしれないと源之助は付け足した。男は頭から手拭いを被って、顎で結んでいる。暗がりに身を置いているので、顔はほとんど見えない。

「ともあれ、おれをつけてきた者だな」

山野辺が、悔しそうに言った。充分に注意してきたつもりだがと唇を噛んだ。

「仕方があるまい。向こうもこちら以上に、念入りにやっていたということだろう」

ただ高岡藩邸に気づかせるわけにはいかない。

「ではそやつ、逆にこちらがつけて何者かはっきりさせようではないか」

山野辺が言った。

「向こうから近づいてきた者だ、このまま追い払う手はない」

正紀が応じた。せっかくの機会だ。どうするかの打ち合わせをした。そしてまず、山野辺が提灯（ちょうちん）を手に船宿を出た。

二階から様子を窺っていると、見張っていた者は動かなかった。

「やはり、こちらをつけるつもりですね」

橋本が呟いた。ここで源之助が裏口から外へ出た。見張る者をつける役目だ。先に出た山野辺と合流する。

そして正紀と橋本が船宿を出て、河岸の道を歩き始めた。提灯は手にしていない。歩きながら、耳を澄ました。

「やはりつけてくる気配がありますね」

橋本が囁いた。つけてくる、微かな足音があった。近寄りもしないし、離れもしない。右に曲がると右に、左へ曲がると左に曲がった。

しばらく歩いて暗がりに誘ったところで、正紀と橋本で二手に分かれた。

正紀は横道を右に曲がり、橋本はそのまま進んだ。

源之助は現れた山野辺と共に、正紀らをつける男の後に続いた。正紀らが進む道は決めていたので山野辺は先回りをして待ち、後から来た源之助と合流したのである。つける町人を挟む形だ。

他に、つける者の気配はなかった。

そして町人は、暗がりで二手に分かれた正紀らの動きに迷ったらしかった。しかしすぐに正紀の方を追った。

横道は家の明かりもほとんどなく、闇に近かった。雲に覆われて、月も出ていなかった。源之助たちからは、正紀の姿は見えない。

町人は慌てた様子で走った。路地の一つ一つを覗いているうちに、姿が闇に隠れてしまう。

けれども町人が暗がりで何かを蹴飛ばしたらしく、大きな音が響いてきた。

「あっちだ」

暗がりで追うのはだいぶ手間取ったが、音は居場所を知らせてきた。

「さっさと捕らえよう」

源之助は山野辺とは離れて追いかけた。ただ何分にも暗い。身を隠した正紀や先に行った橋本も戻ってきているはずだが、出会わなかった。

そして今度は、どぶ板を踏む音を耳にしてそちらへ目をやった。すると町人らしい男の黒い影が見えた。

向こうは向こうで、つけ続けることができなかった。仕方がないといった様子で引き上げて行く。源之助も男に続いて、表通りに出た。提灯を手にした者や酔っぱらいが数名歩いている。ここで橋本が姿を見せた。

「あの後ろ姿の男が、見張っていた町人だ」

源之助は指差しをして、橋本に教えた。山野辺や正紀には伝えられないので、二人でつけた。

町人は足早に歩いて、南に向かった。芝口橋を渡って芝に出た。少し進んだところで頭から被っていた手拭いを取った。浜松町の町木戸の明かりで、ちらりと横顔が見えた。

町木戸を潜ったところで、木戸番小屋の番人と顔を合わせて町人は頭を下げた。このときはっきりと顔が見えた。歳は三十くらいで、四角張った顔をしていた。

さらに歩き、立ち止まったのは間口六間の商家の前だった。暗がりでも、重厚な建物だというのは分かった。潜り戸を叩いて何か言うと、戸は内側から開かれた。中へ入るのを確かめた。

それから源之助は浜松町の木戸番小屋へ行って、番人に問いかけた。

「今しがた挨拶をした相手は、誰であろうか」

「但馬屋さんの番頭利助さんですよ」

それで納得がいった。

六

翌日、源之助は植村と共に、芝浜松町へ出向いた。二丁目あたりだ。但馬屋と利助の動きを探るためにである。白河藩の御用達だとは、山野辺が確認していた。

この日も小ぬか雨が降っている。空はそれなりに明るい。傘を差して屋敷を出た。

「但馬屋さんは、このあたりでは何代も続く老舗ですよ」

斜め向かい側にある味噌醤油屋の手代は言った。明るい中で但馬屋の店舗に目をやると、その重厚さがよく分かった。客の出入りも多かった。奉公人の動きもきびきびしている。

「さすがに、白河藩御用達ですね」

植村が言った。

「主人の金兵衛さんは、やり手ということだな」

「そうですね。親から引き継いだ店を大きくしました」

「番頭の利助はどうか」

「あの人は、旦那さんの片腕のような人ですね。白河藩の御用を足せるようになったのは、あの人の尽力が大きいと聞いています」

「すると白河藩への出入りは、昔からではないのだな」

「二年くらい前からじゃないですか」

味噌醤油屋の手代は、但馬屋がどうやって白河藩への出入りができるようになったかについては知らなかった。

糸屋の女房や乾物屋の番頭、酒屋の手代など近所の者に訊くと、但馬屋を悪く言う者はいなかった。

「ただ旦那さんも番頭さんも、奉公人には厳しいようですよ」

これは糸屋の女房の言葉だ。

「近所には、いい顔をしているわけですね」

植村が言った。奉公人に厳しいのは、珍しい話ではない。

それから源之助は、やや離れた宇田川町の太物屋へ行った。商売敵は、違う見方をしているだろう。

「主人の金兵衛さんはやり手です。でもねえ、やりすぎなところもあります」

問いかけた手代が答えた。間口四間半（約八・一メートル）の店舗で、店の様子を見る限りでは但馬屋の方が勢いがあると感じた。

「どのような」

「大名家の御用達になるために、側用人に近づいて饗応を繰り返したとか聞いたことがあります」

「それで入り込んだのか」

「噂ですけどね。なりふり構わずといった感じで」

手代は不快そうな顔をした。

「利助という番頭がいるはずだが」

「ええ。それが威勢がよくて、いろいろやります」

「ここも、客を取られたのか」

「まあ」

ならば面白くないだろう。手代は続けた。

「新しい御家も、商いに入ろうとしているようですよ」

どこかは分からない。これも噂だとか。

顧客を奪うのは、商いとして悪いことではない。商いの世界も、生きるか死ぬかなのは間違いない。ただやり口が、金に飽かすなど乱暴で強引だと感じているらしかった。

「だがそんな金が、但馬屋にあるのか」

「あるんじゃあないですかねえ」

借りてやっているとしたら、返せなければ利息が嵩む。

「利助の武家との付き合いはどうか」

頭に塚田のことがあっての、源之助の問いかけだ。

「大名家御用達ですからね、なければおかしいでしょう」

と告げられた。どういう付き合いかと尋ねたが、それには答えられなかった。

他にも訊いたが、同業からの評判はいま一つだった。塚田の名も、最後まで出てこなかった。

さらに二つ離れた町の太物屋でも話を聞いた。前の店と同じような返答で、よくは言わなかった。

共通しているのは、やり口が強引だというものだった。

芝界隈の商い関係では、取り立てての手掛かりは得られなかった。

「利助の幼馴染や女関わりではどうでしょうか」

植村に言われて、それも調べておかなくてはと思った。浜松町二丁目へ戻った。先ほど問いかけをした糸屋の女房と乾物屋の番頭に改めて訊いて、利助と歳の近い親しくしていたという番頭仲間四人を教えてもらった。

まず向かったのは、浜松町の北側神明町の呉服屋である。三十をやや過ぎたとおぼしい歳の、小太りの男が出てきた。

利助について、話を聞かせてほしいと頼んだ。

「当家も、但馬屋を使うかもしれぬゆえ」

と、都合のいいことを口にした。

「内密にな」

わざとらしく、念を押した。相手は疑わなかった。

「あいつは子飼いの奉公人でね、よくやっていますよ」

白河藩に出入りができるようになるまでには、力を尽くしたとか。金に飽かして、とは言わなかった。

「白河藩の件は、うまくいって何よりではないか」

「ええ。でもねえ、商売敵はいるわけで」

大名家や旗本家の御用達になりたい商人はいくらでもいる。御用達になれば店の格が上がり、商いがしやすくなるからだ。但馬屋によって御用達の座を奪われた店は、巻き返しを図るだろう。

「但馬屋を引きずり下ろして、その後に入ろうとする店があるわけだな」

「はっきりとは言いませんでしたがね、それらしい話を口にしたことがありました」

　女の関わりについては知らなかった。

「どこかの女郎屋へ行ったという話は聞きましたがね。好いた素人女の話は、聞いたことがありません」

　しかし独り身の番頭や手代が女郎屋へ通うのは、よく聞く話だとか。博奕とは違う。のめり込まなければ、主人も大目に見るふうがあると言った。

　二人目は、女のことも商売敵のことも知らなかった。

　源之助と植村は、さらに三人目のもとへ向かう。増上寺大門近くの中門前一丁目の葉茶屋だ。歩きながら話をした。

　小ぬか雨は止まない。水溜まりを避けながら歩いた。

「気合の入った商売敵が現れたら、おちおちはしていられないでしょう」

「守らなくてはなりませんから」

　植村の言葉に源之助が応じた。

「白河藩は大藩ですからね、失いたくないでしょう」

「それはそうですね」

「ならば白河藩に、定信様によかれとしてすることに、力を貸すのではないですか」

「なるほど、その相手が沓澤ですか。そのための費えを出しているのかもしれません」

「見張りまでしていたわけですからね。人を使わないのは、企みが漏れるのを防ぐためでしょう」

そして三人目の葉茶屋の番頭に問いかけをした。返答はおおむね前と同じだったが、一歩踏み込んだ話を聞けた。

「そういえば、強引な商売敵がいると聞きました」

「何という店か」

「屋号は分かりませんが、京橋の山城(やましろ)河岸の店だと言っていたような」

山下(やました)御門から汐留川に出るまでの御堀に面した河岸場で、大店老舗が櫛比(しっぴ)している賑やかな場所だ。

そして四人目は、芝金杉通(しばかなすぎどおり)二丁目の足袋(たび)屋の番頭である。鼻筋の通った、端整な顔立ちの者だった。山城河岸の商売敵のことは知らなかった。

「利助さんは、なかなかの遊び好きですよ」

「酒と女か。何か聞いているな」

「まあ」

「話してもらおうか」

「三田同朋町の弥生とかさつきとかいう見世に、酒を飲んだ後、一緒に行こうと前に誘われたことがありました」

　同朋町には、女郎屋が並ぶ界隈があるそうな。ただ相方の名までは覚えていなかった。足袋屋の番頭は妻子持ちで、独り者の利助には付き合わなかった。

　それから源之助と植村は山城河岸へ行った。木戸番小屋へ行って問いかけた。

「このあたりに、太物問屋があるはずだが」

「それならば、越中屋さんですね」

　指差しをして教えてくれた。すぐに向かう。筑波町で、間口七間（約十二・六メートル）の大店だった。但馬屋よりも商いの規模も大きそうだ。

　客の出入りの多さも、但馬屋に劣らない。

「勢いのある店ですね。白河藩御用達を狙ったとしてもおかしくはありません」

「確かに。これが商売敵になるならば、金兵衛や利助は慌てるでしょう」

　源之助の言葉に、植村が頷いた。

　店の入口には、出入りをしている五つの大名家の名を記した木の板が並んで貼り付けられていた。

近くにいた手代に、源之助が木の板に目をやってから声をかけた。

「これだけ並ぶと、豪勢ではないか」

「お陰様で」

まんざらではない顔をした。

「もっと増えるのではないか」

冗談めかすような口ぶりにして言ってみた。

「ええ。そういう話もございます」

「どこの藩か」

「それはご容赦を」

言えないことはあるだろう。手代は笑顔で頭を下げた。

源之助と植村は北町奉行所へ行って、委細を山野辺に伝えた。

七

山野辺は町廻りの後で、昨日源之助らから聞いた話を胸に置いて、越中屋へ足を向けた。曇天だが、雨が降る気配はなかった。

「おお、まだつけているな」

と呟く。この数日、つける者の気配が常にあった。町廻りをしている間は気にしないでつけさせた。これぞという動きをするときは、必ずそれなりの手立てをしてから目当ての場所へ向かった。

一昨日、行徳河岸の船宿へ行ったときは、まききれなかったのは不覚だった。あの時点では、町人がつけてくるとは考えなかった。

今日は知り合いの筆墨屋へ入って、裏口から出た。路地を使って表通りに出ると、深編笠の侍が筆墨屋を見張っているのが窺えた。

「これでよし」

山城河岸へ向かった。越中屋の敷居を跨ぐと、番頭を呼び出した。初老で、抜け目のなさそうな目をしていた。

「この店では、これまでに出入りのない大名家の御用を受けようとしているそうだな」

直截に訊いた。

「まあ。御用を受けられれば幸いでございます」

いきなりの問いかけなので番頭は驚いたらしいが、無難に答えた。

「どこの御家か」

「ちとそれは、申し上げかねます。決まっているわけではありませんので」

「白河藩ではないか。違うならば違うと言えばよい。その方が漏らしたことにはせぬ」

腰の十手に手を触れさせながら言った。

「さようで」

番頭は頷いたが、否定はしなかった。白河藩と認めたことになる。

「それでよい。いけそうか」

「そうしたいところですが、すでに入っているところもなかなかやり手でして」

今出入りの店をどかさなくてはならない。まだだいぶ厳しいという口調だった。

「但馬屋だな」

それも答えない。首を横に振ることもなかった。

「邪魔をした。聞いた話は、どこにも言わぬ」

それから山野辺は、三田同朋町へ足を向けた。女郎屋街へ入る。

昼間の女郎屋街は閑散としている。曇天で、路地は薄暗かった。昼見世(ひるみせ)もあるはずだが、まだその刻限にはなっていないらしかった。襦袢姿の女が二人、軒下にしゃがんで話をしていた。

「さつき、もしくは弥生という見世はないか」

山野辺は女たちに尋ねた。

「弥生はないけど、さつきならばありますよ。あの見世です」

と指さした。

破風造りの出入り口で、格子の嵌まった張見世があった。界隈では格上の見世に見えた。

敷居を跨いで声をかけると、中年の肥えたおかみが出てきた。

「出入りした客について訊きたい」

ここでも山野辺は、腰の十手に手を触れさせながら言った。

「そんな、一度や二度来たくらいの客なんて、誰も覚えちゃいませんよ」

おかみは嫌な顔をした。

「いや、馴染みのはずだ」

詳細は伝えないが、人一人の命がかかっていると告げた。見世の女郎たちを板の間に集めるよう命じた。

「迷惑な話ですよ、まったく」

おかみは渋い顔で、女郎たちを集めた。

「利助という、三十歳前後のお店者を客に取った者はおらぬか」

女たちは顔を見合わせた。

「あたしのお客でそういう人がいます」

と言った女が一人いた。名は利助に違いない。

「でも歳が二十四で、車町の蠟燭屋の手代だと話していました」

顔形を訊くと、違う顔だった。他の女郎たちは、何も言わない。

ここまで来たことが、無駄になった。肩から力が抜けた。するとおかみが言った。

「赤坂田町に、弥生という見世がありますよ」

面倒なことにならなくてよかったという顔だ。不機嫌さが収まっている。

「そうか」

赤坂田町は芝からやや遠いが、近ければ誰かに見られるかもしれない。かえって通っていそうな気がした。

「ありがたい」

すぐに向かう。赤坂御門を潜る手前、御堀に沿って町家ができている。女郎屋街はその一角にあった。

　さつきのおかみが言った通り、弥生という見世はあった。ここもまずまずの構えの見世だった。女の質は、前よりもよさそうだった。

　ここでも山野辺は、十手にものを言わせて女郎を集めさせた。

「手早くお願いしますよ」

　初老のおかみが言った。昼見世がもうじき始まる刻限で、女たちは化粧を済ませていた。白粉と鬢付け油のにおいが鼻を衝いた。

　さつきと同じことを問いかけた。

「あたしのお客にいますよ」

と言う女がいた。まだ十七、八の美形だ。利助は、芝の太物屋の番頭だと名乗ったとか。年恰好も重なる。

「いつ頃から通っているのか」

「半年前あたりから、月に二、三度程度です」

　他の女たちを戻して、利助について話を聞いた。

「商いの話なんて、何もしませんでしたよ」

　面倒な客について愚痴めいたことは口にしたが、それは武家ではなかった。利助は口が堅そうだ。

「間近では、いつ来たのか」

「五、六日前です」

「一人で来たのか」

「いえ、お武家さんと一緒でした」

「ほう。どのような」

腹の奥が、一気に熱くなった。侍の花代は、利助が払ったという。侍の外見を訊いた。

「二十代半ばで、ほんの少し東北の訛りがありました」

「名は分かるか」

「ええと、塚田様と呼んだような」

「そうか」

ようやく、塚田に辿り着いた。

相手をした女を呼ばせた。

「ええ、覚えていますよ」

「己のことで、何か言っていなかったか」

「はい。一年近く前に、殿様について江戸へ出てきたとか」

女は陸奥棚倉(たなぐら)藩領内の生まれで、訛りが近かった。侍は訛りが出ないように気をつけていたらしいが、すぐに分かったとか。

「棚倉藩の者だったのか」

「いえ、はっきりとは言いませんでしたが、近くの生まれだって。でも、何となく分かりました」

「どこか」

「泉藩(いずみはん)の人ではないかと」

棚倉藩とは同じ菊多(きくた)郡で、領地が近接する藩だ。

「うむ」

「でも、違うって」

「ではどこか」

「あの人は泉藩士ではなくて、あの人の殿様が泉藩士だと分かりました」

泉藩の陪臣となる。しかし主人が泉藩士ならば、藩の殿様の意を受けて動いていることに変わりはない。

ただ塚田は、主人の名は話さなかった。それなりの身分の者ではあるだろう。

陸奥国泉藩は二万石で、当主は本多忠籌となる。松平定信に近い老中格の大名だ。『老中』の下に『格』という文字が入るのは、就任に必要な家禄の二万五千石に満たないからだ。とはいえ正式な老中と同様に扱われ、幕政の中枢にいることは間違いなかった。

「大物じゃねえか」

山野辺は呟いた。ただ確かめたわけではない。女郎が寝物語の中で聞いただけである。主人の名も分からないままだ。

山野辺はそれから、芝浜松町へ足を向けた。但馬屋の店近くで立ち止まった。様子を見ていると、小僧が葛籠を背負って店から出てきた。配達にでも行くらしい。しばらく歩かせて、店から離れたところで声をかけた。今まで、問いかけをしたことがない者だ。

「塚田という名の侍を知らぬか」

「聞いたことがあります」

山野辺の腰の十手に目を向けてから、小僧は答えた。

「どこの藩の侍か」

「藩は分かりません。桑原様というお侍の、ご家来です」

「なるほど」

藩の名は、小僧などには伝えられていないようだ。そこで山野辺は、北町奉行所へ戻って大名武鑑を検めた。

陸奥国泉藩二万石本多家の箇所を開いた。側用人に、桑原主計（かずえ）の名があった。

「これか」

覚えず声になった。泉藩当主の本多忠籌は、松平定信らと共に、一橋家の亀之助が清水家の養子となることを妨げたいと考えている者たちだ。それは正紀から聞いていた。

「亀之助を襲った二人は、小野瀬と塚田なのは、もう疑いようがない」

これで事件の様相が明らかになったと、山野辺は考えた。この件については、早速正紀に文で伝えた。

第四章　親しい者

一

亀之助と孝姫が縁側にいて、『飛んだり跳ねたり』で遊んでいる。初めは驚いて泣いた孝姫だが、今はすっかりお気に入りになった。

台を叩くと動く、というのが嬉しいらしい。

「やる、やる」

今は自分で飛ばしたがる。飛んだところで手を叩く。孝姫自身が、跳ねる人形の真似をした。

「うまいうまい。似ているぞ」

亀之助が褒めてやる。喜んだ孝姫は、何度も繰り返す。

そして孝姫は、亀之助にも真似をするように求める。

「いっしょ、いっしょ」

亀之助は嫌がらない。玩具と一緒に飛んで、笑い合っている。

梅雨空で、外へ出られない日が続いていた。じっとしていられない幼児には、『飛んだり跳ねたり』は室内で遊べる恰好の玩具だった。今日も朝から霧雨が舞っている。梅雨が明ける気配はまだなかった。

買ってやった品が気に入られて、亀之助は満足そうだ。

「あの子は孝姫と遊ぶときは楽しそうにしていますが、時折、空に目をやってぼんやり何か考え込んでいることがあります」

子どもたちに目をやっている正紀に、京が言った。

「出てきたままになっている、一橋家のことを、偲（しの）んでいるのであろうか」

「一橋家というよりも、世話をした者たちのことではないかと思われます」

亀之助と京は、正紀よりも関わりを持っている。葛餅が気に入って、正紀がいないときにも拵（こしら）えてやった。そのときに漏らしたそうな。

「じいとよく食べた」

京は聞き流したが、筒井のことだとすぐに察したとか。「じい」と口にするのは初めてではないが、この二、三日は増えたように感じると付け足した。言おうとして言うのではなく、つい口に出てしまう。そういうことらしかった。

「会いたくなったのかもしれません」

「親の代わりに可愛がられたのならば、そうかもしれぬな」

小野瀬や塚田だけが、亀之助の行方を捜しているのではない。筒井や篠山も捜しているはずだった。ただその動きは、こちらには見えない。

山野辺が折々つけられている話は、文で知らされていた。

「それに今日は、母者の病を案じる言葉を口にしました」

たとえ一橋屋敷にいても、勝手には会えない。症状を聞くだけだが、同じ屋根の下に母親がいることは分かっている。

「会えない病なのかもしれませぬ」

京は顔を曇らせた。

「労咳(ろうがい)か」

「さあ」

本当のところは知るよしもない。

「里心がついたのであろうか」

「そうかもしれませぬ。まだ七歳ですゆえ」

高岡藩上屋敷で過ごすようになって、すでに半月近くになる。

そろそろ帰したものかとも思うが、亀之助は帰りたいとは口にしない。宗睦や睦群も、何も言ってこなかった。

「一橋家でも捜しておいでかと思いますが」

京は声を落とした。亀之助に聞こえないようにとの配慮だ。

「うむ。見つからないことに苛立っているだろう。面子（めんつ）もあるからな」

「もし万一のことがあったら、どうなさるのでしょう」

命を狙う者がいる。それを踏まえての言葉だ。

「ずっと屋敷にいたことにして、病のせいとするであろう。もちろん手を下した者を捜し、密かに始末をしようとするだろうが」

「病のせいですか」

「一橋家の面目は、何としても守るであろうからな」

「とすると襲う方も、それなりの覚悟の上なのでしょうね」

「それはそうだ。危ない橋を渡らなければ、栄達や利益は得られない」

「当面は、当家でお守りするしかありませんね」

『飛んだり跳ねたり』で遊んでいた子どもたちだが、さすがに半刻余り遊んでいると、飽きるようだ。孝姫が、正紀と京のいるところへとことことやって来た。亀之助も、座敷の中へ入った。

孝姫は京の膝に乗って、その腹に手を当てた。

「やや、やや」

と亀之助に顔を向けて言った。しきりに撫で始めた。孝姫は、京の腹に赤子が宿っていることを知っている。誰もいなければ、よくやる仕草だ。姉になることを望んでいる。

京の腹はわずかに出てきたが、まだ着衣の外見だけでは分からない。

「このお腹の中に、赤子がいるのですよ」

京は亀之助に言った。

「そうか」

しげしげと腹を見つめた。関心を持ったらしい。

「触ってみますか」

京は言った。

「さわる、さわる」

孝姫も勧めた。京の膝から下りた。

「よいのか」

躊躇いの口調だが、触ってみたいらしかった。

「もちろんです」

京の口調は、どこまでも優しい。正紀も頷いてやった。

亀之助は恐る恐る、腹に手を当てた。孝姫も顔を寄せて、真似をした。

「いかがですか」

「温かい」

しばらく触っていて、問いかけてきた。

「男か女か」

「それは生まれるまで、分かりませぬ」

武家の女は、男児を産むことを求められる。京はそれを負担に感じているのだろうと正紀は感じている。とはいえ生まれるまでは分からないわけだから、そのことは夫婦の間では話題にしない。

「ややは、動かぬな」

「それはもう少し先でございましょう」

「どれくらい先か」

「三月か、四月か」

「その頃には、わしはここにはおらぬであろうな」

話したのではなく、呟いたのだった。

手を離したところで、亀之助は口を開いた。今度は、はっきりとした口調だった。

「孝姫と腹の子が、羨ましい」

それについて、京は何も答えなかった。答えられなかったのだろう。正紀も、何も言えない。すると亀之助が続けた。

「わしは、母の体に触ったことがない」

聞いた正紀は、気づかれぬように小さくため息を吐いた。

「私でよければ、触りたくなったらいつでもおいでなさい」

亀之助は、困った顔をした。半べそに近かった。

気がつくと、雨が止んでいた。薄日が差している。

「ちょう、ちょう」

孝姫が縁側に出た。紋黄蝶が庭を飛んでいる。手を伸ばし、足をばたばたさせた。

取ってくれという仕草だ。

「よしよし」

意味を汲み取った亀之助は、庭に下りた。少しして、紋黄蝶を捕まえてきた。部屋にある鳥籠に入れた。籠の中で、紋黄蝶が羽ばたいた。

何か言いながら、籠の中の蝶を顔を寄せて見つめている。何がおかしいのか、二人で笑った。

二

その日の夕刻、正紀は睦群から呼び出しを受けた。早速、赤坂の今尾藩上屋敷に出向いた。

向かい合った睦群は、挨拶も早々に問いかけてきた。

「亀之助殿に、変わりはないか」

「今のところは。ただ多少の里心はついたようで」

「それは仕方があるまい」

暮らしぶりを伝えた。京に懐き、孝姫を可愛がることなどだ。一橋屋敷については一切触れないことも伝えた。

「屋敷周辺に、不審な者は現れぬな」

「ありません。まだどこにも気づかれていないようで」

充分に気をつけている。屋敷の周辺は、杉尾や橋本に折々回らせていた。侍だけでなく、町人にも気をつけさせた。

不審な者は現れていない。藩士たちには亀之助のことを伝えていないが、何であれ不審な者が現れたら報告しろと告げていた。

ここで正紀は、亀之助に関わる明らかになったことのすべてを伝えた。

「そうか。本多忠籌の息がかかった者が、動いているわけか」

聞き終えた睦群は、納得したように頷いた。老中格の本多を呼び捨てにしている。

ここだけの話ではあるが、尾張に敵対する者だから、気に入らない相手ではあるらしかった。他にも癪に障ることがあるのかもしれない。

尾張徳川家の付家老という立場になると、大名や旗本の当主や家老、側用人などと関わることは多い。気の合う者ばかりではないし、志を同じにする者ばかりでもないだろう。

腹では何を考えているのか分からない人物がほとんどだ。それでも話をまとめなくてはならない。

兄の気苦労は理解できた。

本音で話ができる相手は、極々限られている。正紀はその数少ないうちの一人だ。

「やはり沓澤だけではなかったな」

御三卿一橋家の若殿ともなれば、二千石の旗本だけではどうすることもできないという意味だ。

「亀之助殿を、そろそろ屋敷に帰らせてもよいのではと考えますが」

正紀は、腹にあることを言ってみた。話の持っていきようによっては、頷くのではないかと感じている。

「何をたわけたことを」

睦群は、鼻で笑った。正紀はそれで、不快な気持ちが顔に出たと分かった。

「その方は、まだ青い。情に流されておる」

睦群は決めつけた。そして続けた。

「治済様は、亀之助殿を清水家へ入れようと画策しておいでだ」

「それは聞きました」

「大物を動かそうとしているが、定信殿ら重役方の結束は固い」

「確かに」

潰そうとする動きが、明らかになってきたと告げた。

「そこでな、幕閣の中には、亀之助殿に会いたいと治済様に告げる者が現れたそうな」

「本多忠籌様ですね」

「そうだ。不在と分かっていて、申し入れたのだ」

本多が、亀之助の命を狙えと命じたとは思えない。しかし沓澤から、状況を聞いているだろうとは推量できた。

本多も、したたかな人物だ。

「治済様は、困っているでしょうね」

「素振りには見せぬが、そうであろう。屋敷にいないことが明らかになれば、これまでしてきたことが、すべて無駄になるからな」

「それで宗睦様は」

「困らせればよい、というお考えだ」

「……………」

「その方が、こちらには好都合だ」

こちらにある切り札の価値が上がる。恩は高く売るという腹だ。

睦群は口元に嗤いを浮かべた。治済を嫌っているのはよく分かるが、冷ややかな物言いだ。

兄は味方としては心強いが、敵に回したら厄介な相手になると感じた。

「そなた、宗睦様が加賀藩前田家に近づいていることは承知しておるな」

「はあ」

月次御礼で登城した折に、正紀は宗睦から当主の治脩と引き合わされた。治脩は正紀の挨拶を、丁寧に受けた。

「何のためか分かるな」

「もちろんです。前田家を味方につけることは、尾張にとって大きな意味があります」

「そのために宗睦様は、手を打とうとなさっている。城内で親し気に言葉を交わすだけでは、どうにもならぬからな」

楔を打つということか。

「して、どのような」

手をこまねいていては、何事も動かない。また尾張に今以上の力をつけさせたくない者たちがいた。

「前田家には、亀万千という十歳になる若殿がいる」

「ああ」

咄嗟(とっさ)には頭に浮かばなかったが、少し考えて思い出した。亀之助について、『亀』としか分からなかったときに、話題に上った若殿だ。

加賀藩の先の藩主重教(しげみち)の子どもだが、隠居して弟である現藩主治脩に代を譲ってから生まれたので、前田家の世子とはなっていなかった。江戸にはいないということで、正紀の頭からは消えていた。

とはいえ亀万千は、藩主になる血筋の男子(おのこ)ではあった。

「そしてだ、我らの伯父上である義当(かつまさ)様の娘ごに、琴姫(ことひめ)殿がいる」

「いかにも」

義当は尾張藩先代藩主宗勝の五男だから、正紀は琴姫を知っている。確か七歳か八歳くらいだ。

「その琴姫を、宗睦様は、養女になさるおつもりだ」

「ははあ」

宗睦の狙いが、ぼんやり見えてきた。

「その亀万千殿に、琴姫を娶(めあわ)せようという話ですね」

江戸の琴姫も加賀の国に住まう亀万千も、政争の道具になっていた。

「うむ。そういう話だ」

頷いてから、睦群は続けた。

「気づいた老中たちは、その話を潰そうとしている」

「尾張と前田が結ばれることで、両者の力が大きくなることを避けようとしているわけですね」

しかしそれで怯むような宗睦ではない。正紀は、宗睦の性格をよく分かっている。

治脩にしても老中の言いなりになっているわけではないだろう。

「そこで治済様の出番となるわけですね」

親しいわけではないが、使える者は使う。たとえ敵であってもだ。

「そうだ、尾張と前田を結ぶ仲人役を、治済様にしていただく」

「なるほど。将軍家のご実父が間に入れば、さしもの定信様や老中たちも、手出しができなくなりますね」

「いかにも」

「ですが治済様は、手を貸すでしょうか」

治済は狸だ。都合よくは動かないだろう。餌が必要だ。

「そこで登場するのが、亀之助殿というわけだ」

「返す代わりに、力を貸せと」

話が読めた。睦群は頷いた。

「しかしあからさまですな」

不快感はあった。自分は策略に手を貸したことになる。

「いや、卑怯な真似をしているわけではないぞ」

睦群は胸を張って続けた。

「亀之助殿は、自分が何者か認めていない。こちらも、尋ねてはおらぬ」

「それはまあ」

「治済様も、亀之助殿が行方知れずであることを認めてはおらぬ」

「ただの男児を、引き渡すという話ですね」

「そうだ。差し障りがあるか」

睦群の目に力がこもった。

「いや」

ないとはいえない気がするが、睦群が言いたいことは分かった。

「では宗睦様は、治済様とお会いになるわけですね」

「初めから下手に出て依頼をするのではない。なるべく近いうちに、二人で会う機会を作るという話だ」

「さようで」

宗睦は慌てない。そして正紀には、すでにどうこうできるものではなくなっていた。

「話がまとまるまで、亀之助殿を可愛がるがよかろう」

「はあ」

「亀之助殿にしても亀万千殿にしても、また女子(おなご)の琴姫にしても、大家(たいけ)に生まれた宿命だ。たとえ幼くとも、それを乗り越えて生きてゆかねばなるまい」

情に流されてはならないという睦群の言葉の意味は、そこにあった。

これで正紀は、今尾藩邸を出た。

三

同じ日の同じ刻限頃、小川町の沓澤伊左衛門の屋敷に老中松平定信、松平信明と、本多忠籌が姿を見せていた。

但馬屋金兵衛が運び入れた灘(なだ)の極上酒が膳に載っている。

「この酒は、芝浜松町の太物問屋但馬屋金兵衛が運びましたものでございまする」

沓澤が披露をした。けれども聞いた定信や本多の顔に変化はなかった。それでも酌は受け、口に運んだ。

「うまい酒だ」

飲んだ本多が言った。信明も頷いた。

「以後、よしなに」

と告げた後で、沓澤は話題を変えた。

「治済様には、いつもながら強引なことでございます」

酒を注いで回った後で、沓澤は媚びるような口調で言った。

「いかにも。清水家にまで手を出そうというのは、ちとやりすぎですな」

「尊号の件がうまくいかなくなって以来、前に出たがる」

本多と信明が続けた。どちらも苦々しい顔だ。

「手のかかる御仁だ。おとなしくしていればよいものを」

定信も盃の酒を口にした。味については、何も言わない。漏らした言葉に、一同がもっともらしく頷いた。

「ただ亀之助殿の行方がいまだに知れぬのには、苛立っておいでのようで」

本多が笑みを浮かべて酒を啜った。空になった盃に、沓澤が酒を注いで回る。

「治済様に、亀之助殿に会いたいと仰せられたのは、見事でござった」

これは信明だ。

「いやいや」

「あのときの一橋殿の顔は、見ものであった」

定信が愉快そうに言った。定信が笑みを浮かべるのは、極めて珍しい。一同の酒が進む。

「それがしも、見たかったですな」

酒を注ぎ足しながら、沓澤が応じた。治済とのやり取りは、旗本が同席できる場所ではなかったらしい。

「それにしても、若殿の行方はまだ知れぬのか」

信明が言った。

「捜させておりまするが、今のところは」

沓澤は、恐縮しているように手を頭にやった。

「戻らぬ方が面白い」

と言ったのは、本多だった。

「それにしても、どこに匿(かくま)われておるのか。町方の与力め、ふざけた真似をするではないか」

「思いがけぬところに、預けたのであろうが」

「そろそろ表に出てきてもよいはずですが」

「神隠しに遭(お)うたわけではあるまい」

本多と信明のやり取りに、定信が応じた。

三人とも、一橋屋敷に亀之助が戻らないのはかまわないが、どこにいるのかは気になるらしかった。

「襲った者たちも、行方知れずになって慌てたであろう」

愉快そうに、定信は続けた。

「そうやもしれませぬ」

沓澤は、他人事(ひとごと)のように口にした。せっかくの好機を逃した小野瀬を、沓澤は厳しく叱っているが、それは言わない。

「ともあれ、亀之助を清水家に入れることはできぬ」

定信の言葉だ。一同は、手にしていた盃を置いて頷いた。

「尾張殿も、厄介なことを企んでいますな」

「まことに。義当の幼い娘まで、持ち出してくるとは」

　本多と信明が言った。尾張と百万石加賀前田家との話だ。まとまれば、城内でも話題になるだろう。

「うむ。治脩殿もまんざらではない様子なのが、いただけませぬ」

「前田殿にしても、尾張と結ぶことには利があるとの腹でございましょう」

　これも本多と信明のやり取りだ。

「何か、手はござりませぬか」

「今、打っているところだ」

　定信の言葉に、一同が顔を向けた。

「どのような」

　飲もうとしていた盃の手を、信明は止めた。

「加賀八家の者たちをな」

　口にしてから定信は、盃の酒を飲み干した。沓澤が、すかさず酒を注ぎ足した。

「前田の重臣たちでございますな」

　止まっていた盃を口に運んでから、信明が応じた。

　加賀八家とは、前田家家中で、万石以上の禄を得ている譜代の重臣たちだ。家老も、この中から選ばれる。

　これら重臣の意見は、当主でも無視できない。

「無茶はせぬ方がよいとな、文を送った」

「どのような」

「江戸城の石垣を、近く修理せねばならぬ」

「なるほど」

　本多が満足そうに頷いた。

　金のかかる面倒な普請(ふしん)を命じるかもしれぬと脅せば、重臣たちは治脩を引き止めるという話だ。石垣の修理となると、とんでもない費用がかかる。百万石といえども大所帯で、それなりに内証(ないしょう)は厳しい。

　承知の上での言葉だ。

「それは妙案」

　信明も、口元に嗤いを浮かべた。

「宗睦様は、悔しがるでしょうな」

「まあ、よいであろう」

　定信は冷ややかな口調になった。宗睦は定信老中就任の際には力を貸したが、その後は敵対する立場に転じた。

宗睦の変わり身を、定信は不快に感じているだろう。老中たちは宗睦を政敵と見ていると、沓澤は察している。

「尾張と前田を、結ばせてはなるまい」

「いかにも。いろいろとやりにくくなりまする」

酒がなくなり、沓澤は鈴を鳴らした。すると新しい酒を持って、控えていた但馬屋金兵衛が姿を現した。

「お近づきのほどを」

定信たちに、丁重な挨拶をした。

四

翌日は、またしても朝から雨だった。弱い雨だが、止む気配はなかった。蒸し暑い。

「それにしても山野辺のやつは、亀之助をどこに隠したのか。腑に落ちぬところだ」

「いかにも。八丁堀のあやつの屋敷にも、いませんでしたからな」

「そしてあやつは、つけさせぬようにしている」

小野瀬平内の言葉に、塚田久蔵が応じた。傘を手にした二人は呉服橋の袂近くで、山野辺が北町奉行所から出てくるところをこの日も見張った。襲うことはあきらめて、後をつけて動きを探ることにしたのである。

昨日沓澤屋敷で、定信を始めとする老中衆が集まった。何としても一橋家よりも先に亀之助を捜し出せと、小野瀬は沓澤から発破をかけられた。

塚田も主の桑原から尻を叩かれたらしい。

梅雨空は恨めしいが、気にしてはいられない。小野瀬は額と首筋に滲む汗を、手拭いで擦った。山野辺とはできるだけ間を空けて、気づかれぬように気を配った。

山野辺は日々、高積見廻り与力の役目をこなしている。積まれた荷の点検は、念入りだ。

その限りでは、気になる動きはなかった。人との関わりは多いが、武家との接点は目につく限りない。

亀之助に近づこうとする気配は、まったくなかった。

「ただ役目柄、商家との関わりは深そうだ」

「それなりの店ならば、預かるかもしれませぬな」

ということで、廻った商家で主人や番頭と親しそうに話をしたところには目をつけた。山野辺が北町奉行所へ戻った後で、歩いた道を再び辿った。手代や小僧に問いかけたのである。

そのために小銭を与えたが、そうした費用は、但馬屋の利助から受け取っていた。

「店では、武家の子どもを預かっていないか」

一人だけでなく、複数の者に訊く。

「いません」

と聞いて、次へ行った。その確認については、利助もやっていたが、念を入れたのである。

様子を窺っていると、山野辺との間に、二人の深編笠の侍の姿があるのに気がついた。京橋川の河岸道だ。

「おや、あれは」

「山野辺をつけていますな」

顔は見えないが見当はついた。

「一橋家の筒井と篠山でしょう」

守役である二人のことは、亀之助の動きを探っていた頃から知っていた。顔も分かっている。

蝶を追って亀之助が一人で旗本屋敷から出てきたときは驚き、狂喜した。またとない好機だと踏んで襲った。迷いはなかった。たとえ子どもであっても、斬って捨ててよいと告げられていた。

筒井と篠山はさぞかし慌てるだろうと、愉快だった。

山野辺が現れて取り逃がしてしまったのは不覚だ。思いがけない展開になってしまった。沓澤や桑原にはどやされた。せっかくの好機を失したのである。

山野辺の剣の腕が、戦ってみてなかなかのものだとも知った。再度襲うには手勢が必要だが、もうそのつもりはなかった。

「どうしましょう。あやつら邪魔ですね」

塚田が筒井と篠山に目をやりながら言った。沓澤や桑原からは、邪魔者は斬ってもかまわないと告げられていた。筒井と篠山が山野辺を探る姿を目にするのは、今日が初めてではなかった。

「よし。折を見て、やるか」

小野瀬と塚田は頷き合った。しかし話している間に、いつの間にか二人の姿は立っていた場所から消えていた。目を凝らしたが、見える場所にはいない。

「どうした」

少なからず慌てた。

筒井文左衛門は篠山忠七と、八丁堀界隈の北町奉行所与力の屋敷を探っていた。初めは山野辺屋敷を探ったが、亀之助はいないと分かった。

近所の者に訊くと、つい最近屋敷から蘭方医が出てくるのを見たと話す者がいた。そこで手当てをした医者のもとへ行って尋ねた。屋敷内で何かあったと踏んだからだ。

今はどんなことでも知っておきたい。

「前に山野辺殿には世話になってな。大事があったら、見舞いをせねばならぬ」

だから状況を教えてほしいと頼んだのだ。

「押し入る者があって、下男が刃物で腕を斬られました」

「物騒な話だな」

八丁堀の与力の屋敷に忍び込むなど、よほどのことでなければしない。亀之助の命を狙う二人組の侍が襲ったのだと判断した。

「となると山野辺屋敷には、亀之助様はいませんな」

二人組の侍は、調べを続けている。

「では、同僚の与力に預かってもらっているのでしょうか」

「そうかもしれぬ」

篠山の言葉に筒井は頷いた。改めて他の与力屋敷を探った。しかし与力屋敷は、探りにくかった。与力屋敷の者は、初見の者には気を許さない。

「なぜそのようなことを、お尋ねになるので」

屋敷の下男からは、疑い深そうな目を向けられた。

「行方知れずの、家中の子どもを捜している。神隠しに遭ったのかもしれぬが」

苦しい言い訳だ。しつこく訊けば、かえって怪しまれる。返答を渋られたときには、すぐにあきらめた。他の者を当たる。

それで手間取ってしまった。

治済から告げられた期限の日は迫っている。命が惜しいわけではないが、亀之助の命は、守りたかった。物心つく前から関わってきた。

「いないのではないか」

という結論になった。これはという返答はなかった。

それで今日は、北町奉行所から山野辺をつけた。つけている途中で、二人組の侍がいるのに気がついた。

「やつらも、山野辺殿をつけているわけだな」

「そのようです」

「しかし今日になっても、捜し出せていない」

「つけても無駄ということでしょうか」

山野辺は探られぬように、配慮をしているに違いなかった。

「ならばどこを探ればよいので」

問われた筒井は考えた。すでに何度も考えている。

「探るべき場所が一つあるぞ」

ようやく思いついた。今まで気づかなかったのが腹立たしいくらいだった。

「どこですか」

「剣術道場だ」

「なるほど。そこならば町奉行所以外の者でも、親しくしている門弟はいるでしょうね」

聞いた篠山が笑みを浮かべた。若殿を、預かってもらえるかもしれない。早く気がつくべきだった。

「どこの道場でしょうか」

「それを調べようではないか」

山野辺をつけるのは止めた。

「あやつらには、つけさせておけばいい」

筒井と篠山は、八丁堀の山野辺屋敷近くまで行った。様子を窺っていると、部屋住みらしい若侍が通りかかった。そこで筒井が問いかけた。

「山野辺殿は、なかなかの剣の腕前と聞いたが」

「それはそのようで」

「どこの道場で修行をされたのかお分かりか」

「神道無念流の戸賀崎暉芳先生のところだと思いますが」

不審に思う様子もなく答えた。近所では、誰でも知っていることなのかもしれなかった。

「かたじけない」

二人はそれで、八丁堀から離れた。

五

筒井と篠山はいったん一橋屋敷へ戻り、剣術に詳しい藩士に尋ねた。

「家中に、戸賀崎道場へ通う者はおらぬか」

「いませんね」

と残念な返事だった。とはいえ道場の場所は、麹町裏二番町にあることが分かった。

早速二人は、戸賀崎道場へ足を向けた。武家屋敷の中にある道場だ。聞こえてくる稽古の掛け声や竹刀のぶつかる音には、気合が入っていた。

門前で、傘を差した状態で門弟が出てくるのを待った。

梔子の花のにおいが、どこかから漂ってきた。汗を拭く手拭いは、すでに水に浸けたようになっている。

ようやく一人出てきたところで声をかけた。門弟は十三、四の少年だった。稽古後で、顔が赤い。

「道場には、七歳の子どもを預かってはおらぬか」

その可能性もあると考えての問いかけだ。

「いませぬが」

何を言ってくるのかといった顔だった。若年の門弟は、山野辺については名しか知らなかった。誰と付き合っているかなど、見当もつかない。

二人目に現れたのは、二十歳前後の門弟だった。やはり、子どもを預かってはいないと答えた。山野辺についても訊いた。

「稽古をつけていただいたことがあります」

なかなかの腕前だと付け足した。

「親しくしていたのは、どなたでござろうか。その方々も、さぞや達人に違いない」

讃える言い方にした。

「山野辺様が親しくされていた方となると、まずは井上様でしょうか。井上様の腕前も、なかなかのものです」

少しばかり考えてから答えた。誰の名を挙げるかと、思案したらしい。

「どのような御仁か」

井上というだけでは、どこの誰なのか見当もつかない。

「下総高岡藩のご当主、井上正紀様です」

「大名でござるか」

驚いた。藩の名は耳にしたことがあった。尾張の一門で、確か一万石のはずだった。

「そうです」

「ううむ」

ここではないと思われた。亀之助が現れたときには、どこの誰かは分からなかったはずである。今も分かっているかどうかは不明だ。その子どもを、たとえ一万石でもいきなり大名家に預けるとは考えられなかった。

高岡藩でも、頼まれたからといって受け入れないだろう。

「今でも付き合いがあるのか」

念のため訊いた。大名と町奉行所与力では、身分が違いすぎる。

「さあ。見えたときは、稽古をなさっていますが」

門弟としては対等だろう。ただこの数年は、どちらも道場へ顔を見せることは少なくなったそうな。

「他には、どのような方が」

「まあ旗本など、何人かおいでです」

思いつく、すべての名と住まいを挙げてくれと頼んだ。

「そうですね」

四人の名が挙がった。三百石の旗本と他の三人は御家人だった。

「こちらの方がありそうだな」

と感じた。さすがに名門道場で、門弟は江戸中に広がっている。当たるのには手間がかかるが、労を惜しむつもりはなかった。

「参ろう」

筒井と篠山がまず向かったのは、小石川の旗本屋敷である。片番所付きの長屋門で、六百坪ほどの敷地だった。

「ここならば、預かっていそうですね」

篠山が長屋門に目をやりながら口にした。

まず近くの辻番小屋の番人に尋ねた。

「七歳の若殿様ねえ。あそこの若殿様は、もっと歳は上ですがねえ」

子どもが出入りする姿は、この数か月は一度も見ないとか。しばらく待って、出てきた中間に問いかけた。

「そんな話、聞いたことがない。気配もないが」

亀之助がいるとは、考えられなかった。三百石くらいの旗本の屋敷ならば、中間でも奥のことは分かる。

次は四谷で、家禄百五十石程度とおぼしい屋敷だった。

「ここには、いないのでは」

「敷地は狭いが、預かれないこともないのではないか」

ともあれ様子を見ていると、斜め向かいの屋敷から若い新造が出てきた。筒井が、丁寧に問いかけをした。

「こちらのご新造様とは、今朝も話をしましたが、そういうことはお話しになりませぬが」

あれば話すだろうと答えた。

「子どもの洗濯物を見かけることはござらぬか」

思いついたので訊いてみた。

「ありませぬな」

ここもいない気配だった。

「手間を取らせた」

そして麻布へ行き、それから本所へ回った。

「どれもいそうにありませんね」

篠山はため息を吐いた。

「どこかにいると踏んだのだが」

筒井は肩を落とした。今しがた拭ったばかりの汗が、またじわりと滲み出てきた。

「高岡藩上屋敷は、どうでしょうか」

篠山が言った。いないと見てそのままにしていたが、こうなると捨て置くわけにもいかない。

様子を窺うだけはしてみようという話になった。両国橋を西へ渡り、雨の道をさらに歩いた。

二人は高岡藩上屋敷の長屋門前に立った。敷地は四千五、六百坪ほどかと思われた。

「いるでしょうか」

門番に問いかけるわけにはいかない。屋敷内はしんとして音もない。出入りする者もいなかった。

京橋川の河岸道だ。山野辺は醤油樽の積み方について、問屋の番頭と荷を指さして話をしている。

様子を窺う小野瀬らにとっては、すっかり見飽きた景色だ。

じっとしているだけでも、汗が出てくる。腰に下げている水筒の水をすべて飲み干してしまった。

「おや」

見張っていたはずの筒井と篠山の姿が、見えなくなっていた。小野瀬は声を漏らした。

「どうしたのでしょう」

塚田も首を傾げた。山野辺はまだ動かない。番頭と話をしていた。

「おかしいな」

すぐに筒井らがいた場所へ移った。十字路で、左右に目を凝らすと、人混みの中を八丁堀方面へ足早に歩いて行く二人の後ろ姿が見えた。

戻ってくる気配はなかった。

「何があったのでしょうか」

「気になるな」

「思い当たることが、あったのでは」

小野瀬も塚田と同じことを考えた。

「うむ。つけてみよう」

山野辺を追っても、何も得るものはなさそうだと感じていた折も折だ。慌てて筒井と篠山をつけた。

「どこへ行くのか」

無駄足は覚悟の上だった。

行った先は八丁堀だった。山野辺屋敷の近くだ。

「何だ」

と気落ちしたが、筒井らがしたことは山野辺の屋敷を探ることではなかった。若侍に問いかけをするとすぐに八丁堀から離れた。

血相を変えている様子だった。

「こちらがつけていることに、気づいていませぬな」

塚田が言った。

「あれは、亀之助に関わることには違いないぞ」

「ええ、何か手掛かりがあったのでしょう」

そのままつけた。筒井らは町家を抜けて、いったん一橋屋敷へ戻ると、すぐに出てきて武家地へ向かった。着いた場所は麴町の剣術道場だった。

辻番小屋の番人に尋ねて、神道無念流の戸賀崎道場だと知った。

筒井らは、門弟が出てくるのを待って問いかけをした。一人目は訊いても何も得られなかったらしいが、二人目の門弟の話を聞いたところで、筒井と篠山は頷き合った。すぐに足早に歩き始めた。

「手掛かりを得たようですね」

「案内をしてもらえるのは、ありがたい」

「しかし剣術道場とは、よく思いついたものです」

「先にこちらが思いつかなかったのは不覚だった」

山野辺が通っていた道場だろうという見当はついた。そして小石川の旗本屋敷へ行った。

「なるほど。亀之助がいそうな場所を、一つずつ当たっているわけだな」

「確かに、山野辺をつけるよりはいいかもしれませぬな」

小野瀬と塚田は顔を見合わせた。

旗本屋敷は駄目だったようで、続いて四谷、麻布、本所と歩いた。

「どうやら、どれも駄目だったらしいぞ」

なかなか辿り着かないので、小野瀬も苛立たしい気持ちになった。

「もうすべて当たってしまったのでしょうか」

塚田も残念そうだ。

しかし筒井らは少しばかり話をして、また歩き始めた。ただこれまでのような、意気込みはなくなっている。

「屋敷に戻るのならば、つけても無駄だろうが」

小野瀬は口にしたが、それでもともあれ後をつけた。一橋屋敷に向かっているのではなかった。立ち止まった場所は、下谷広小路の大名屋敷の前だった。

「一万石くらいだな」

「まさしく」

長屋門に目をやりながら、小野瀬と塚田は話した。

夕暮れどきまで屋敷を眺め、辻番小屋で問いかけをしたところで筒井と篠山は引き上げて行った。

六

屋敷前に残った小野瀬と塚田は、近くの辻番小屋へ行って番人の老人に小銭を与えて問いかけた。筒井が問いかけをした番人だ。

「この屋敷は、どこのものか」

「下総高岡藩の上屋敷です」

「前の侍二人は、何を尋ねたのか」

「七歳くらいの若殿らしい方が、屋敷内にいるかと訊かれました」

小銭を握りしめた番人は、素直に応じている。

「何と答えたのか」

「分からないと言いました。見張っているわけではありませんから」

いてもいなくても、おかしくはないと付け足した。姿を目にしてはいない。ただ高岡藩には、七歳になる若殿はいないとか。

「どう確かめたらよいか、迷いますね」

「筒井らが廻った五家のうちでは、一番潜んでいそうな気がするが」

塚田の言葉に、小野瀬が応じた。どうしようもないのは間違いない。

「毎日、見張りに来ますか」

「外出するかどうかは、分からぬが」

そこへ潜り戸が内側から開かれて、中間が出てきた。そこで少し歩いたところで、小野瀬が声掛けをした。素早く、小銭を握らせた。

「この屋敷には、七歳の若殿らしい方が、逗留をしてはおらぬか」

中間相手でも、偉そうな口の利き方はしなかった。

「七歳ねえ」

首を捻ってから、中間は続けた。

「いませんね。家中の江戸詰めで、九歳になる倅（せがれ）のある方がいますが」

「前からいるわけだな」

「そうですよ。父ごを呼びましょうか」

と告げられて慌てた。

「いやいや、それには及ばぬ。手間を取らせた」

それで別れた。

「いないということでしょうか」

中間の姿が見えなくなったところで、塚田が言った。

「中間では分からない場所にいるか、口止めをされているとも考えられるぞ」

小旗本の屋敷とは違う。大名屋敷ならば、中間や若党には知らされないことが多々あるだろう。

「沓澤様や桑原様に検めていただくことは」

「それは無理だ。本多様でも踏み込んで検めることはできない」

そもそもそれをする理由がない。小野瀬と塚田は、暗くなるまで見張ったが、何も起こらなかった。仕方なく引き上げた。

夜も更けた五つ（午後八時）頃、佐名木が正紀に面会を求めてきた。めったにないことだ。そろそろ寝るつもりでいたが、御座所で向かい合った。

「恐れ入りまする」

頭を下げた佐名木は、さっそく本題に入った。

「本日暮れ六つ前頃、当家の中間が屋敷の外へ出た折、二人連れの侍に声掛けをされたそうにございます」

「ほう。何か問われたのか」

「七歳の若殿らしき者が、当家に逗留していないかと尋ねてきたとか」

「どう答えたのか」

「いないと答えたそうですが、不審な者ゆえ、中間は小者頭に話しました」

それが佐名木に伝わって、正紀の耳に入ったことになる。屋敷を探る不審な者が現れたら、すぐに知らせろと伝えていた。屋敷の多くの家臣は亀之助のことを知らないが、命じたことは守られる。

佐名木は中間を、庭先に呼んでいた。明かりを持って来させて、正紀が直に問いかけをした。

「二人は、どのような風体（ふうてい）であったか」

「声掛けをしてきた侍は、三十代半ばと二十代半ばの歳だと思います」

身なりからして、浪人者ではなかった。それからすると、小野瀬と塚田だと察せられた。

「他に何か問われたか」

「家中に九歳の子弟がいるとは話しました」

それで引き上げたという内容だった。

「何か、まずいことでも」

この中間も亀之助のことを知らないから、当主のところまで連れて来られて、驚いている様子だった。正紀は藩邸内の小者に至るまで名を覚え、声をかける。ただ呼び寄せての問いかけは皆無に近かった。

「いや、それでよい。また尋ねられたら、同じように答えよ」

それで引き上げさせた。

「亀之助様がいるという確証は得ていないと思われます。ただ怪しんでいるのは間違いないようで」

と佐名木は、難しい顔になった。

「うむ。どのような手立てかは知らぬが、やつらここまで辿り着いたわけだな」

「そうなると存じます」

「向こうも、じっとしていたわけではないな」

本多や沓澤らの息がかかった者たちだ。

「まさしく。ただいると、確かめることはできますまい」

「それはそうだ。万一知られたとしても、どうすることもできぬ」

正紀は返した。

「一橋家の亀之助がいるか」

とは本多でも治済でも訊けない。高岡藩上屋敷にいるのは、あくまでも亀之助と名乗る子どもでしかない。

「いない」

と答えればいい。

「ただやつらは、当たってみただけかもしれません。しばらくは、門外の様子に気を配らせましょう」

「そうだな」

そろそろ決着をつけなくてはならないときが近づいてきていると、正紀は感じた。

この件については、源之助を今尾藩邸まで走らせ睦群にも伝えた。明日には宗睦にも知らされるだろう。

その深夜、正国が発作を起こした。正国付きの侍女が知らせてきた。変事があれば、すぐに伝えろと命じていた。

止んでいた雨が、いつの間にか降っている。正紀と京は、病間へ急いだ。正国は額に脂汗をかき、顔を歪めていた。正室の和（かず）が、心配そうに夫の様子を見つめている。先日亀之助を診た藩医の辻村が、泊番（とまりばん）で屋敷にいた。すぐに手当てにかかった。発作は四半刻ほどで治まった。

「峠は越しました」

辻村は言った。

大事には至らなかったが、徐々に弱ってきているのは明らかだ。正紀と京は、和と辻村と共に正国の枕元で夜を明かした。

第五章　引き渡し

一

　筒井は篠山と共に、未明から高岡藩上屋敷の門近くに身を潜めた。止む気配のない雨なので笠を被り、共に桐油合羽(とうゆがっぱ)を身に着けていた。一日中、雨の中に立つ覚悟だ。一橋家から、腕利きの家臣二人を選んで伴って来た。やや離れた場所に潜ませている。

　屋敷に押し入るわけにはいかないが、外へ出てきたときには、腕ずくでも奪い返す覚悟だった。治済に告げられた期日も迫っている。ぼやぼやしてはいられなかった。

「やはり亀之助様の居場所は、ここ以外には考えられない」

という気持ちだった。

山野辺については、思いつく限り当たった。しかしどこにも亀之助の影はなかった。高岡藩上屋敷だと断定はできないが、可能性は大きかった。ここを調べの最後にする覚悟である。

いなければ篠山共々切腹だ。

そこへ傘を差した二人の侍が姿を現した。顔に見覚えがあった。二人の侍は高岡藩の長屋門に目を向けた。

「あれは、亀之助様を追う者らではないですか」

「そうらしいな」

篠山の言葉に、筒井は頷いた。

「あやつらも、ここへ辿り着いたわけだな」

と続けた。厄介だが、連中も必死で捜していたのは分かっている。

「するとやはり、亀之助様はここに」

「そのつもりで、やつらは探りに来たのであろう」

確かめてはいないだろうと踏んだ。いると分かっていたら、異なる動きをするのではないか。

追い払いたいところだが、騒ぎを起こせば高岡藩の者たちに気づかれる。それは避けたかった。

二人は周囲を見回した。こちらに気づいたかどうかは分からない。気づいたとしても、向こうも悶着を起こしたくないのは明らかだ。二人は辻番小屋近くに身を潜めた。

東の空が、少しずつ明るくなってきた。雨が長屋門を濡らしている。

東の空が明るくなる頃、正国の寝息の乱れはほぼ消え正常に戻っていた。穏やかな表情で眠っている。

「ああ」

正紀と京は、安堵した。和もほっと息をついている。とはいえ寝顔は、すっかり老いた。一年前とは十歳以上も違うように感じた。

「ここまでくれば、もう大丈夫でしょう。手当てが早くできて、何よりでございました」

一夜看取りを行った蘭方医の辻村は、正国の脈を測った後でそう言った。

「大儀であった」

交代の医師が来たので、辻村には引き取らせた。

和も少し休むと言うので、正紀は京と共に奥の寝所へ戻ることにした。その前に亀之助の部屋を覗くと、寝床は空だった。

亀之助の世話をしていた侍女に訊くと、目を覚ました後で、木刀を手に道場へ行ったとか。

藩邸内には、藩士のための道場がある。正紀もここで稽古をした。

様子を見に行くと、亀之助は木刀を手に素振りをしていた。他に、稽古をしている者はいない。

「やっ、やっ」

子どもなりに気合が入っていて、筋は悪くなかった。額に汗が浮いている。

「精が出ますな」

子ども用の木刀を数日前に与えた。欲しがったからだ。それ以来、朝の一人稽古を行っていると告げた。

「じいに、やれと言われていた」

一橋屋敷での暮らしを、ここでもなぞるようになってきた。

「じい殿も、共に汗を流したのでござろう」

「うむ。そうであった」

「会いとうござるか」

踏み込んで言ってみた。父のことはめったに話題にしないが、ふとした折に「じい」という言葉が出る。

実父の治済よりも、慈(いつく)しんだのに違いない。昨日門前に姿を見せたのは筒井かもしれないとの気持ちがあった。

亀之助が望むならば引き渡してもよいという心づもりはあるが、今は高岡藩だけでなく、尾張の傘のもとにいる。昨日、源之助を走らせたから、今日あたり睦群から何か言ってくるのではないかと考えた。


高岡藩邸の門前も、すっかり明るくなった。屋敷に動きはないかに見えたが、潜り戸が開かれた。

見張っていた筒井は目を凝らした。傘を差した慈姑(くわい)頭の侍が、供を連れて屋敷から外へ出てきた。

若侍が見送った。

「どうぞお大事になさいますように」

慈姑頭の侍の言葉を聞いて、藩医だと筒井は察した。そのまま道を歩いて行く。そこで後をつけて、声をかけた。

「卒爾ながら。そこもとは、高岡藩のお医者でござるか」

振り向いた慈姑頭の侍に、筒井と篠山は丁寧に頭を下げてから問いかけた。

「いかにもそうだが」

「お屋敷では、大殿様のお体の具合に、変事がおありだったのでござろうか」

正国が病がちなことは知っていた。昨日は、高岡藩井上家について調べた。案ずる顔を作った。

「そなたは」

「大殿様がご奏者番の折に、お世話になった者でござる」

「なるほど」

相手は信じたらしかった。

「ちと具合が悪くなられたが、たいしたことにはなっておりませぬ」

「それは重畳」

安堵の顔にした。そしてさらに問いかけた。

「七歳の若殿様も、具合が悪かったと聞きましたが」

これは思いついて、試したのである。亀之助が医者にかかるようなことがあったかどうかは分からない。「知らぬ」と言われたら、それまでのことだ。反応を見たかった。

「いやいや。あの若殿の熱は、翌日には治まってござる」

「ならば何より」

笑みが浮かびそうになるのを抑えながら、筒井は答えた。頭を下げると藩医は引き上げて行った。

「亀之助様がいるのは、間違いありませぬな」

「いかにも。井上家には、七歳の若殿などおらぬからな」

昂(たかぶ)る気持ちを、筒井は抑えた。

藩医が歩いて行く先に目をやっていると、潜んでいた二人組の侍が、姿を見せて後をつけた。こちらと同じことを考えたのに違いない。

「追い払おう」

亀之助がいることを、確かめさせる必要はない。

「行くぞ」

走り出しながら、他に潜んでいる二人の侍にも合図を送った。腰の刀に、手を添えている。水溜まりを撥ね飛ばした。

四人になって追いかけた。

二人の侍は、すぐにそれに気づいて振り返った。一度は腰の刀に手を添えて戦う仕草をしたが、あきらめて横道を曲がって逃げていった。

二

高岡藩上屋敷門前に現れた侍たちを、未明から門番所に詰めていた源之助と植村は目にしていた。

「一橋と小野瀬ら、両方が来ていますね」

「いよいよ当家に、目をつけたことになります」

植村の言葉に、源之助は身の引き締まる気持ちで答えた。

「藩医の辻村殿に口止めをしておかなかったのは、迂闊でした」

屋敷から出た辻村に、筒井が声をかけた。源之助はその様を見ていて、どのような問いかけをしたかの察しはついた。

さらに小野瀬ら二人と一橋の家臣四人が衝突しそうな場面についても、目にしていた。刀を抜き合う場面になれば、高岡藩士がすぐに門外に出られる支度はしていた。

門前を汚す者として対処できる。

「争う者たちを捕らえて、目付でも町奉行所へでも、突き出せばいい」

事が起きれば手加減はいらないと、佐名木から命じられていた。

しかしそうなることもなく、屋敷前は静かになった。

「いなくなりましたよ。もう姿を見せませんね」

植村は、どこか残念そうな口調になっていた。

見張りがいなくなったことを、佐名木に伝えた。

「辻村のもとへ参り、何を訊かれたのか確かめてこい」

命じられた源之助は、植村と共に藩医辻村のもとへ走った。そして交わした言葉を詳細に聞いた。おおむね予想した通りだった。

口止めをしなかったのはこちらの落ち度だから、辻村を責めることはしなかった。

筒井の尋ね方も巧みだった。

聞いた結果を、正紀と佐名木に伝えた。

「そうか。これでやつらは、亀之助殿が屋敷にいることに気づいたわけだな」

話を聞いた正紀は、大きく頷いた。源之助と植村には、今度は睦群に事情を伝えるようにと命じた。

二人は雨中を、赤坂の今尾藩上屋敷まで走った。

するとその日の夜に、睦群から知らせがあった。明日八つ（午後二時）に市ヶ谷の尾張藩上屋敷に来いという命令だった。


その日の夕刻前、小川町一ツ橋通りの沓澤屋敷に、桑原主計と但馬屋金兵衛、それに番頭の利助が姿を見せていた。沓澤が呼んだのだ。

先日定信や本多らの酒席が行われた部屋だが、今日は酒も膳もない。小野瀬は、塚田と共に座に加わっていた。

止まない雨が、庭の樹木を濡らしている。蒸すので障子は開けていた。雨音は室内にも響いた。

まず小野瀬が、高岡藩上屋敷前の朝の出来事を伝えた。

「筒井らは、その医者に亀之助のことを尋ねたわけだな」

「そのように考えられます。ただどのような返事を得たかは分かりませぬ」

医者を追いかけようとしたが、筒井ら四人に邪魔をされた。桑原の問いかけに、小野瀬は悔しさを抑えて応じた。

「いなかったのならば、邪魔などはしないであろう」

「そう考えるのが妥当でしょうな」

　桑原の言葉に沓澤が返した。金兵衛や利助も頷いている。

「町方の与力風情が、大名家に頼むとは考えもしなかった」

「高岡藩か。さんざん手こずらせおって」

　沓澤と桑原の声には、怒りがあった。

「しかし念を入れて、確かめた方がよろしいのでは」

　と口にしたのは、金兵衛だ。万に一つでも間違いがあれば、相手は大名家だから面倒なことになるとの考えだ。

「あの後しばらくして、高岡藩上屋敷へ行ってみました」

　利助も朝は、小野瀬と共に藩邸前に行っていた。やや離れたところから様子を見ていた。

　いったん引き上げた後で、再び足を向けたのである。

「筒井らはいたか」

「いませんでした」

　亀之助がいないと分かったからいなくなったのか、いると分かって他の手立てを踏もうとしたのか、そこは不明だ。

「亀之助が一橋へ戻っては、我らの働きは水の泡だぞ」

「それはそうです。清水家入りを防ぐことで、宰相様のお気に入っていただかねばなりませぬ。本多様にも」

沓澤の言葉に、金兵衛が続けた。

「それはそうだ。うまくいくことで、白河藩に入り込もうとする商売敵を蹴落とし、わが泉藩本多家にも出入りが許されるようになるわけだからな」

桑原が言うと、金兵衛は「えへへ」と笑った。

「桑原様も、ご出世を」

金兵衛も抜け目ない。狡そうな目をしていた。

「念には念を入れましょう」

小野瀬が言うと、一同は頷いた。

亀之助を亡き者にすることで、治済の企みを潰す。それは主である沓澤をさらによい役に就ける足掛かりになる。沓澤が出世をすることで、己も禄を上げたいという気持ちが小野瀬にはあった。

万一定信や本多に認められて、自らが高禄で白河藩や泉藩へ迎えられるならば、それも面白い。だからこそ、念入りにやりたかった。

しくじりたくはない。

そこでしばらく黙っていた利助が口を開いた。

「私が調べてみます。お侍では、怪しまれるでしょうから」

「いや。それでは」

小野瀬は慌てた。利助もなかなかの曲者だ。高岡藩を探り当てたのは自分だが、差し置いて手柄を立てようとしている。

ふざけるなと思ったが、そこで考えた。確かに自分が行くよりも、利助の方が怪しまれない。

「使えるところでは使おう」

と考えた。それで怪しまれてどうなろうとも、知ったことではない。出そうになった言葉を、小野瀬は呑み込んだ。

「うむ。利助が行くがよかろう」

沓澤と桑原が頷いた。

翌日、利助は高岡藩上屋敷の門前へ行った。昨日までの雨は止んで、朝から曇天だった。蒸し暑いが、降らないだけましだった。道のあちこちに、水溜まりができている。

　利助は裏門へ回って、中間が出てくるのを待った。都合よく出てくるとは思わないから、腰を据えて待つつもりだった。

　但馬屋は白河藩の御用達になったが、その立場を守るのは容易いことではなかった。商売敵も現れていた。

　京橋筑波町の越中屋は大店で、商いに勢いがあった。そこが但馬屋を押しのけて、白河藩の御用を受けようとしている。

「ふざけるな」

　と思っていた。亀之助の件は、絶好の機会だと捉えていた。白河藩との関わりを盤石にできるだけでなく、泉藩への出入りもできるようになる。

　老中の二家に出入りをする店になるのは、大きかった。しかも自分は、その功労者になる。

　店での立場は盤石になり、主人や一番番頭も無視できなくなる。それがもう少しだ、と考えていた。

　小野瀬と塚田が高岡藩を探り出してきたのは幸いだった。

「小者は安酒でも飲ませて、使うだけ使えばいい」

金兵衛は日頃そう口にしている。小野瀬らに飲ませるだけの銭は、受け取っていた。ただ二人の働きが大きくなるのは、面白くなかった。

自分が霞んでしまうからだ。手代や小僧は使わない。ひょんなことで企みが漏れては、すべてが水の泡だ。

屋敷の潜り戸が開くのをじっと待つ。蒸し暑いが、それはどこにいても同じだ。

一刻半（三時間）ほどして、ようやく潜り戸が開かれた。現れたのは三十歳前後の中間だ。少し歩いたところで声をかけた。

「高岡藩のお方で」

「そうだ。何か用か」

胡散臭そうな目を向けた。

利助は、亀之助のことは訊かない。小銭を握らせたところで、昨日の朝屋敷を出た医者の名を尋ねた。

「なぜそのようなことを訊くのか」

「こちら様のお医者様は名医だそうで」

「それはそうだが」

「うちの店の跡取りが、高熱で苦しんでおりまして」

「その方は、何者か」

「湯島の乾物屋の番頭でございます」

医者の住まいと辻村順庵という名を聞いた。そして出向いた。武家の医者でも、町人の患者がいた。名医というのは、事実らしかった。

辻村はいたが、声はかけない。様子を見ていると、六十過ぎの下男ふうがいたので、それに声をかけた。重いおひねりを握らせた。

「昨日旦那さんがお帰りの後、お屋敷から何か言ってはきませんでしたか」

医者が出た後、やや離れていたとはいえ、門番所から見えるところで侍が医者を追った。さらにそれを追う侍までいて、刀を抜く寸前まで行った。

「門番が不審に思えば、上の者に伝えただろう」

と踏んでいた。ならば何があったのか問われたに違いない。藩士が確かめに来ているのならば、大事なことだ。そういうことがあったかどうかを、当たろうという腹だった。

「ええ、お見えになりました。ご近習の方です」

「なるほど」

下男は話の内容をすべて聞いてはいなかったが、一部は耳にしていた。

「若殿が、どうとか」

「そうですか」

これだけ聞けば充分だった。亀之助がいるのは間違いない。してやったりといった気持ちだった。

「しばらくは目が離せないぞ」

と利助は思った。屋敷の見張りは、もう小野瀬と塚田では怪しまれる。自分がやろうと考えた。

三

指定された刻限に、正紀は市ヶ谷の尾張藩上屋敷に出向いた。たっぷり一刻（二時間）待たされて、客間へ来るよう命じられた。

宗睦がいて、平伏したところで部屋の隅に座れと命じられた。これから誰かが来るらしい。誰かの説明はなかった。

顔を見れば分かる人物らしかった。そのやり取りを聞けという意味だと受け取った。

待つほどもなく衣擦（きぬず）れの音がして、現れたのは一橋徳川家当主治済だった。正紀は息を呑んだ。無言のまま両手をつき、深く頭を下げた。治済からは、一瞥もない。

ここで治済の顔を見るとは考えもしなかった。

「これはこれは、わざわざのお越し恐縮に存じます」

相手は将軍の実父であることから、宗睦は初めから下手に出て挨拶をした。しかしここは、尾張藩上屋敷である。

わざわざ足を運んできたのは治済の方だった。宗睦はしたたかだ。どちらも床の間を背にはせず、向かい合う形で座った。

宗睦が呼んだのか、治済が押しかけたのかは分からない。ただ治済は、亀之助が高岡藩上屋敷にいると知って出向いてきたのだと、正紀は考えた。

昨日の朝、藩邸近くで藩医は若殿の発熱について話をした。問いかけたのは筒井だったと踏んでいる。

小野瀬たちだとしても、亀之助が高岡藩邸にいることは推量できたはずだ。

それを踏まえて宗睦は治済を呼び、治済も事態を承知して出向いてきた。沓澤らは知らないだろう。これは密談だ。

「倹約ばかりで、巷(ちまた)では物がなかなか売れぬようでござる」

「金の流れが悪いのは、施策に足りぬところがあるからであろう。あの者には、大局を見る目がない」

宗睦の言葉に治済が返した。二人は反定信派だ。少しばかり倹約令を批判する話をしてから、宗睦はさりげなく本題に入った。

「亀之助殿におかれては、ご健勝でござろうか」

「もちろんでござる。達者にいたしておる」

治済は、当然といった顔で答えた。堂々としたものだ。

「されば重畳。清水家への話もおありかと存ずるが、何よりのことでござる」

宗睦も、亀之助の健勝を喜ぶような口調だ。高岡藩邸にいることを知っているならば、聞いた治済の腸は、煮えくり返っているかもしれない。ただどちらも腹の内を顔には出さなかった。

「清水家は重好殿が病がちゆえ、力になりたいと考えておる」

「それは篤いお心で」

窶れた重好の顔は、正紀も城中で目にしている。重好には嫡子がいない。

「捨て置くことは、できぬゆえな」

「いかにもいかにも、拙者も同じ思いでござる」

力を貸せることがあるならば、力になりたいと宗睦は続けた。治済はそれには、何の反応も示さなかった。

「ところで今月の初め、当家一門の者が七歳の男児をひょんなことから預かることになり申した」

「さようか」

治済は宗睦の話を、取り立てて関心があるというふうには見せない様子で応じた。かまわず宗睦は続けた。

「しかるべきところへ、お返しいたさねばなりませぬ」

「当然であろう」

ぶっきらぼうな言い方だったが、それがかえって気になっている心中を表していると正紀は感じた。

「亀之助様とは、同じ年頃でございますな」

「それはそうだが」

「一橋家で、お引き取りいただければありがたいのでござるが」

聞いた治済の目が一瞬光ったのを、正紀は見逃さない。治済が何か言おうとしたところで、それを遮るように宗睦は言葉を続けた。

「すでに一橋家には亀之助殿がおいででは、同い年の男児がいては迷惑でござろう」

「いや、そのようなことはござらぬ」

間を置かず、返事があった。

「いやいや。それに、当家にもいろいろありましてな」

宗睦は、あえて焦らすようなのんびりした口調で言った。

「…………」

「当家には、琴という姫がありまする。弟義当の娘を養女にいたしました」

「聡明な姫と聞く」

治済も、尾張の動きについては逐一調べているはずだった。調子を合わせて、世辞を口にしていた。話をしようという合図だ。

「前田家の亀万千殿と、縁を結べたらと考えておりまする。二人は、似合いでござりましょう」

亀万千も琴姫も十歳になるかならぬかの子どもだが、宗睦は神妙な顔で口にしていた。

「いかにも。歳も合う」

治済も真顔で応じた。

「ところが、それを好まぬ輩がありましてな」

宗睦は、困惑の表情をしてみせた。

「ほう」

承知のはずだが、治済は初めて耳にしたような顔をした。

「前田家臣の八家の者たちに、不承知とするような文をやっているようで」

「けしからぬ話だな」

向こうにとっては、他家の祝言ではないかと付け足した。もちろん、それでは済まないことは承知の上だ。

「まことに。それゆえ、一橋様にはお力添えをいただきたく」

宗睦は頭を下げた。

「わしも前田の八家に文を書けばよいのか」

「前田のためになるよい縁ということで」

「なるほど」

腕組みをした。すぐには返事をしない。芝居がかっているが、腹は決まっているかに、正紀には感じられた。

「いやいや、お預かりしている若殿も、実家に帰りたがっている様子でござる」

これは宗睦の交換条件だ。前田の八家は、将軍実父からの文を得たならば、それでも縁談を渋ることはできなくなる。御三卿の治済からしたら、八家とはいえただの陪臣だ。通常ならば文を送るなどありえない。

八家が定信からどのような脅しをかけられているかは不明だが、治済は将軍家斉の実父だ。聞かなければ敵と見なされる。

しかも尾張までが味方になる話だ。

定信政権は、いつまで続くか分からない。口に出す者はいないが、多くの者の胸の内にあることだ。先の老中で権勢をほしいままにした田沼意次も、ひとたびその座を奪われると見る影もない者になった。

「あい分かった。縁談はめでたい。八家に文を書こう」

治済は機嫌のよい顔になって返した。そして真顔になって告げた。

「では、今日にも迎えの駕籠を出そう」

ここで治済は、部屋の隅にいる正紀に目を向けた。正紀がここにいる理由が、分かっている様子だった。

とはいえ、声をかけてくるわけではない。

「おまえなど相手にしていない」

そういう姿勢だ。

「いや。こちらからお送りいたす。どこの誰とも分からぬ子を預かっていただくゆえ、迎えをいただくわけにはまいりませぬ」

相手の傲慢さを、宗睦は逆手に取っている。

「前田八家に文が届く頃までにはお送りいたします」

そう続けた。宗睦は、返してほしいなら早く文を書けと言っていた。それまでは返さないという腹だ。

口先だけの約束にはさせないという決意だ。事は、なして初めて形になる。正紀は宗睦から学んだ。

前田八家当主の多くは、加賀にいる。しかし江戸勤番の重臣もいた。文さえ書けば、話は通じる。

「うむ、今日にも出そう」

治済は苦々しい顔になって返した。たとえ相手が御三家筆頭でも、人に命じられるなどめったにないことなのだろう。

これで治済は、尾張藩上屋敷を引き上げた。

亀之助は、命を狙われ助けられた。それは承知のはずだが、まったく触れなかった。ともあれ尾張と一橋の密談は、成立したのである。

「これでよい」

　宗睦は上機嫌だった。

四

「宗睦様も治済様も、したたかでございますね」

　正紀から話を聞いた京が言った。

「まあ。そうでもなければ、老中首座や面倒な重職どもを相手に渡り合うことはできまい」

　尾張と一橋で、亀之助ではなく、どこの誰とも分からない迷子として引き渡す話だ。

「後は、亀之助殿のお気持ちですね」

　京はあくまでも亀之助の心中を思いやる。

「どう考えているのであろうか」

　屋敷内での関わりは、正紀よりも京との方が深い。素読をし、『飛んだり跳ねたり』で孝姫と遊び、蝶を獲ってくる。

「気づきませんでしたが、珍しい蝶もあります」

京も一緒に、籠の蝶を見るとか。そしてふと気がつくと、亀之助はぼんやりと何か考えている様子を見せた。

「あの子は、外見よりも大人だと存じます」

「一橋家で、いろいろなことに出会ってきたのであろうからな」

「そろそろ屋敷に戻ることも、頭にあると思われます」

「いずれ一橋屋敷に帰すならば、そのことを伝えておかなくてはなるまい」

一橋家に生まれた以上、政争の具になるのは仕方がないとしても、得心して帰ってもらわねばならない。その日は、そう遠くないと正紀は感じている。どう話したものか。

「私が、お話をいたしましょう」

と言われて、京に任せることにした。


翌日亀之助は論語の素読を終えたところで、庭に目をやっていた。今日も小ぬか雨が降っている。空は明るくて、てんとう虫が葉の上で雨に濡れているのが見えた。

そこへ京が、姿を現した。

「よろしいか」

「もちろんです」

孝姫と遊ぶのは楽しいし、正紀と相撲を取るのも嬉しい。けれども京と話をするのは、違う喜びがあった。

京の腹には、赤子が宿っていると知った。その腹に手を触れさせて温もりを感じた。人の体の温もりなど、わざわざ手で触れて感じたことはなかった。

自分も、母の腹の中にいたのだと思った。

「母上」

あのとき、胸の内で呟いた。腹の中にいれば、いつも一緒にいられる。めったに会えないが、母の病のことが気になった。

「亀之助殿も、この屋敷に来て半月ほどになりますな」

「はい」

思えばあっという間だった。

蝶を追っているうちに一人になった。賊に襲われて助けられたが、高岡藩の屋敷に来ても、怖れが消えたわけではなかった。そして正紀や京、孝姫と知り合った。

ここでの日々は、一橋屋敷で過ごした毎日とは、まったく違った。

京の腹を触ったことだけではない。孝姫と遊んだことや正紀と相撲を取ったことなどは忘れられないだろう。熱を出して寝込んで目を覚ましたときに、自分を見つめる正紀と京の顔があった。

実の父母との間には、そういう思い出はなかった。

あのとき京は、顔を近づけて何度も額に手を当てて熱を測ってくれた。気持ちが落ち着いた。熱が下がったのは、そのお陰ではないかと思うくらいだ。とはいえ、じいである筒井は、自分のことを案じているだろうと何かあるたびに考えた。忘れてはいない。

けれどもこの屋敷の居心地のよさは、湧き上がる「帰らなければ」という気持ちを押さえつけていた。

「御家の方々は、案じておいででしょう」

「はい」

京からそういうことを口にされるのは屋敷へ来て初めてだが、迷わず返事の声が出た。

「いつまでも、ここにいたいですか」

と問われて、返事に困った。

「いたいが、そうもいかぬ」

迷ってから声が出た。ここを出たら、もう二度と同じような日々を過ごすことはない。それだけは分かる。泣きそうになるのを必死に堪えた。

男は、軽々しく泣いてはいけないと、じいから言われていた。

「戻ることができようか」

父上は怒っているだろうと考えた。それを思うと気が重い。

「もちろんです。亀之助殿のお生まれになった御家です」

優しい言い方だ。

「そうだな」

京に言われて、迷いと躊躇いが薄れた。とはいえ、ここにいたいという気持ちは消えない。

「当家の者が、お送りいたします」

「わかった」

亀之助は頷いた。

「もう一度、腹の子に触れてもよいか」

「どうぞ」

京が、膝が触れるところまで来て座った。腹に手を触れさせた。温かい。腹は前よりも大きくなったように思えたが、気のせいかもしれなかった。

「もう京とは、会えないかもしれない」

そう考えるとまた涙が出そうになったが、亀之助は堪えた。


翌々日の正午過ぎ、高岡藩上屋敷に、筒井と篠山が家名を告げ名乗った上で正紀を訪ねて来た。この日も雨は止まない。

「池之端で襲われたお子をお預かりいただき、まことにありがたく存じ上げまする」

二人は深く頭を下げた。あくまでも亀之助とはしないが、若殿を引き取れる安堵が伝わってきた。

早く返せと言ってきたのではない。亀之助との面会を求めたのでもなかった。ただ礼を告げに来たのだ。亀之助が無事に一橋屋敷に戻される喜びがあった。

この日は朝のうちに、睦群から使者が来た。昨日宗睦は、江戸城内で前田治脩と会って話をしたとか。

治済の文が前田八家に届いて、状況が変わった。前田の重臣が亀万千と尾張の琴姫との婚姻について、賛同の意を表し始めたとの話である。

尾張と前田に治済が加われば、これは大きい。定信らも抗いにくくなった。『婚姻はうまくゆくであろう』と結ばれていた。

　亀之助を引き渡す段取りがついたのである。筒井らの来訪は、これを受けたものだ。

「では、いつがよろしかろう」

　受け入れ態勢について、正紀は訊いた。

「明日にでも」

　筒井は言った。少しでも早くという気持ちからだろう。本音としては、今すぐ連れ帰りたいのかもしれない。

「分かり申した。昼四つ（午前十時）に当家を出ることにいたそう」

「かたじけなく」

　高岡藩の駕籠で送る。警護も高岡藩が行う。屋敷まで無事に連れて行くことで、決着となる。一橋屋敷への道筋についても、すでに決めていた。

　話がついたところで、正紀は言った。

「若殿は、何度も『じい』という言葉を口にされた。再会を喜ぶであろう」

　と告げると、筒井は肩を震わせた。

「それがし、腹を切るところでござった」

「…………」

治済ならば、「捜せなければ腹を切れ」くらいは言っただろうと察せられた。

「得られた残りの日々、若殿のご成長に尽くす覚悟でござる」

「何より」

亀之助は親との関わりは薄くても、筒井がいることは大きいと正紀は考えた。亀之助を送り出すことに、悔いはなかった。


源之助は植村と共に、筒井がいる間、ずっと門番所に詰めて道の様子に目を光らせていた。小野瀬や塚田が、姿を見せるのではないかと考えていたからだ。

「向こうも、こちらの動きに目を離せないでしょうからな」

「いかにも。そう遠くないいつか、亀之助殿を一橋家に引き渡すと考えるに違いない」

植村の言葉に源之助は応じた。邪魔立てをさせるわけにはいかない。

しかし二人の侍の姿はなかった。

筒井が立ち去って行く。雨が降る中で見えたのは、やや離れたところを歩いて行く町人の姿だけだった。

「何か他の手立てを講じているのでしょうか」

人の姿がなくなった門前の道に目をやりながら、植村が呟いた。

五

翌日も、朝から雨だった。

「たいそう世話になった」

屋敷の奥の間で、亀之助は京と孝姫に別れを告げた。やはり寂しそうだった。しかしぐずる様子はなかった。

「腹は決まっているのであろうな」

様子を見ていた正紀は、腹の中で呟いた。

少し前、亀之助は四半刻ほど孝姫と『飛んだり跳ねたり』で遊んだ。孝姫は、別れが分からない。亀之助と遊べて嬉しそうだった。

「とぶ、とぶ。いっしょ」

二人で飛ぶ真似をして、きゃっきゃと声を上げて手を叩いた。

それからの出立で、荷物などは来たときと同様何もなかった。

「ではこれで」

亀之助は顔を強張らせていたが、丁寧に頭を下げた。

「かめ、かめ」

ここで初めて、孝姫は何かを感じたらしかった。多少ぐずった。

亀之助を乗せる駕籠は、正紀が登城に使うものだ。

駕籠の警護には、正紀も加わる。他に山野辺、源之助、植村、杉尾、橋本、そして陸尺だ。目立たないような、少ない人数にした。植村以外は、それなりの剣の腕の持ち主である。

雨のため蓑笠を着けた。かさばる桐油合羽にしないのは、万一に備えて動きやすくするためだった。

「世話になった」

亀之助は、山野辺にも礼の言葉を口にした。池之端で、襲われたところを救われた。

「ようやく、ここまで辿り着いたか」

駕籠に乗り込む亀之助の姿を見て、山野辺は感慨深げに言った。

「上つ方の子どもというのは、たいへんだな」

と付け足した。

一同出立。表門の門扉が開かれた。屋敷の周辺では、すでに厳重な警戒を行っている。それでも先頭の源之助は、慎重に周囲に目を配った。

警護の者たちは、刀には袋をかけていない。襲撃があれば、すぐに抜ける。

雨の道を進んだ。行列のときは、泥濘(ぬかるみ)を避けない。皆、素足に草鞋(わらじ)履きだった。

昌平橋(しょうへい)を南に渡って、駿河台の武家地に入る。雨の武家地には、人通りはまったくなかった。

「小野瀬や塚田が、家中の者を引き連れてくるかと思ったが、なさそうだな」

一橋屋敷に近づいて山野辺が言ったが、正紀は緊張を崩さない。

「いや、まだ分からぬぞ」

「そうだな。今日の出立を知ったら、黙ってはいないだろう」

いつ襲ってきても、おかしくないという気持ちがあった。一橋御門の北側は、広大な空き地になっている。進んで行く道の先に、それが見えてきた。

「はて」

正紀はここで耳を澄ました。馬蹄(ばてい)の音が近づいてくるのに気がついた。

「二頭だな」

「やつらか」

正紀と山野辺は顔を見合わせた。まさか馬で来るとは考えもしなかった。

行列の一同は警戒した。刀の鯉口（こいぐち）を切った。

空き地の方から、雨を割って馬が現れた。泥濘を撥ね飛ばしている。周囲に目をやるが、他に人の姿は見えなかった。

行列に近づいて、一頭は勢いを落としたが、もう一頭はそのまま突っ込んでくる。馬上の侍は、蓑笠で顔に布を巻いていた。

「うわっ」

勢いがついた馬が相手では、どうにもならない。陸尺の一人が声を上げた。隊列が崩れた。

亀之助が乗る駕籠に突進してきた。

「ひひひん」

向かってきた馬が駕籠に迫り、陸尺は下に置いた。直後馬は駕籠を飛び越えたが、後ろ足が駕籠を蹴飛ばしていた。

駕籠が横転した。魂消た陸尺たちは跳びのいている。

源之助と山野辺が、駕籠に駆け寄った。亀之助を駕籠の中から救い出した。雨に濡れることなど、気にしていられない。

「大丈夫か」

亀之助は仰天しているらしく、呆然としている。まだ何が起こったのかよく分からない様子だった。

そのときだ。もう一頭の馬が迫ってきた。泥濘を撥ね散らしている。

通り過ぎる一瞬の間に、馬上の侍は、亀之助を抱え上げて馬腹を蹴っていた。横抱えのまま馬を走らせた。瞬く間の出来事だった。

「おのれ」

警護の者たちは去って行く馬を追いかける。だがその前で道を塞いだのが、初めに駕籠を蹴飛ばした馬だった。行く手を阻もうとしていた。

「くそっ」

これでは追いかけられない。

「やっ」

正紀はこのとき、追跡を妨げようとしている馬の尻に小柄を投げた。見事に当たって、馬は棹立ちになった。

「とうっ」

山野辺が一刀を振るうと、避けようとした侍は馬から落ちた。山野辺がこれに躍りかかる。

ここで五、六人ほどの抜刀した浪人者ふうが現れた。切っ先を向けている。源之助らが、刀を抜いて前に出た。

このときには、亀之助を攫った馬は姿が見えなくなっていた。

正紀は、乗り手のいなくなった馬に近寄り飛び乗った。雨の勢いは強くなっている。姿は見えなくても、馬蹄の音は聞こえていた。

正紀は馬腹を蹴って、亀之助を抱えた侍が乗る馬を追った。残った者たちの争いには、目もくれない。再び腹を蹴って馬を急がせた。

馬蹄の響く音が徐々に近くなって角を曲がると、その先に子どもを抱えた侍が乗る馬の姿が目に入った。

向こうは、片手で手綱を握っているから、馬を扱いにくいようだ。走らせていると、さらに距離が縮んだ。

神田川河岸で追いついた。並んで走る形になった。

正紀は刀を抜いて、馬の尻に向けて突き出した。敵は反撃できない。切っ先が、馬体を掠った。

「ひひん」

またしても馬が棹立ちになった。激しく暴れた。そうなると侍は、馬には乗っていられない。飛び降りた。

　濡れた手は、抱えていた亀之助を落とした。泥濘に転がる亀之助だが、それにはかまわず正紀も馬から飛び降りて敵に斬りかかった。

　肩を打ち砕く勢いだ。

　相手も刀を抜いて、正紀の一撃をかろうじて躱した。すかさず正紀は、相手の肘（ひじ）を目指して突いた。

　けれども相手の動きは素早かった。つつっと横に回り込むと、逆にこちらの二の腕めがけて切っ先を突き出してきた。

　いつの間にか、至近の距離にいる。

「何の」

　正紀は迫ってきた刀身を撥ね上げた。そのまま小手を打とうとしたが、泥濘に足が滑った。狙いがぶれた隙に、相手は後ろに跳んでいた。

　ここで距離ができ、正眼に構え合った。

　とはいえ動きが止まったわけではなかった。相手はすぐに刀身を振りかざすと、正紀の脳天を目指して打ちかかってきた。

　正紀は前に出て相手の刀身を弾く。問題は次の動きだ。相手も脳天で決まるとは考えていないだろう。

一瞬の間に、体が目の前から消えた。雨が落ちてくるばかりだ。しかしそれは寸刻の間で、相手の刀身が肩先に迫ってきていた。

正紀は斜め前に出ながら、刀身で躱した。鎬がぶつかって押すと、相手も引かない。刀身が、がりがりと擦れ合った。

膂力では互角だったが、今度は相手が足を滑らせた。

そのとき雷が、近くで鳴った。激しい音で、稲光もあった。

「たあっ」

その音に負けない気合で、相手の小手を打った。大きな動きはしない。しかし確実に仕留める狙いだ。

刀を握る手に、確かな手応えがあった。骨を砕いている。

「ううっ」

相手の刀が、宙に飛んだ。ぐらつく体を蹴ると、相手は、前のめりに泥濘の中に倒れ込んだ。

正紀は飛びかかり、斬った方ではない腕を捩じり上げた。顔の布を取ると、侍は小野瀬だった。

下げ緒で縛り上げると、小野瀬を引っ立てて、亀之助のもとに戻った。

亀之助は泥だらけで雨に濡れていた。

「怪我はないか」

「ない」

顔は青ざめていたが、返事はしっかりしていた。

正紀は亀之助を近くにいた馬に乗せ、小野瀬を引き連れながら襲われた場所まで戻った。

ここでは山野辺が、塚田を捕らえていた。縛り上げている。斬り捨てられ、雨の中で横たわる浪人者の姿もあった。

すでに起こされていた駕籠に、亀之助を乗せた。こちらでは、橋本が掠り傷を一つ負っただけだった。

「よし。一橋屋敷へ向かうぞ」

小野瀬と塚田は、縛ったまま一橋屋敷まで連れて行く。浪人者は雇われたものと見て、山野辺が大番屋（おおばんや）へ運ぶことにした。

一橋屋敷の門扉を叩くとすぐに開き、筒井と篠山が飛び出してきた。

「おおっ」

筒井がこちらの様子を見て息を呑んだ。案じ顔になっていた。待ちわびたあげくのことである。

「このような仕儀になって、申し訳ない。だが子どもは無事でござる」

正紀が頭を下げた。駕籠の戸を開けると、亀之助が姿を見せた。

「おおっ、何より何より」

筒井が駆け寄った。

「じい。すまぬことをした」

亀之助は言った。筒井の顔を見て、ほっとした気配もあった。濡れ鼠だから、すぐに着替えをさせる。

そして正紀は、小野瀬と塚田の身柄を引き渡した。

「こちらで始末をしていただこう」

それが妥当だと考えた。高岡藩は、この件には一切関わらない形だ。襲われたのは亀之助ではなく、正体の知れぬ子どもとなる。

小野瀬と塚田を、目付や町奉行所へ突き出すわけにはいかない。

「処分は、当家に任せていただこう」

筒井は言った。治済の指図を受けて、それなりのことをするはずだった。

「ではこれにて」

治済との目通りもない。正紀一行は、一橋屋敷から引き上げた。

「無事に帰らせることができて何よりだ」

山野辺が言った。

六

翌日は、昨日までの悪天候が嘘のように、晴天となった。昨日の雷で、梅雨が明けたらしい。強い日差しが照りつけている。

庭に目をやると眩しいくらいだ。

山野辺が正紀を訪ねて来た。大番屋でした浪人者たちへの問い質しの顚末を知らせに来たのである。

「昨日襲ってきた浪人者を責め立てた」

「雇ったのは、但馬屋だな」

「利助が、銭を与えたらしい」

山野辺は利助も大番屋へ呼んで、責め立てた。

「あやつ、初めはとぼけたがな、銭を出したことを認めた。浪人者の証言があったのが大きかった」

「うまくいけば、白河藩への出入りが安泰となるだけでなく、泉藩の御用も受けられたわけだからな」

「まあ、動機もあった」

「悪事ゆえ、そううまくはゆくまい」

「しかしな、牢屋敷にはぶち込めない」

山野辺は、不満そうな顔で言った。それをすれば、一橋家や沓澤家の関わりが表に出る。辿れば、高岡藩にも繋がる。

「ただ但馬屋は、泉藩本多家への出入りはなくなった。白河藩も、一部の重臣は沓澤のしくじりを知るだろうから、但馬屋は御用を外されるだろう」

「それでも商いが続けられるわけだから、よしとすべきではないか」

山野辺は言った。


さらに六日後の夕刻、睦群が高岡藩上屋敷へ姿を見せた。

「すでに義当様の娘琴姫は宗睦様の養女となっていたが、前田家の亀万千殿とは許嫁(いいなずけ)という形になるぞ」

　両家だけの話ではなく、広く世間に知らされる。

「それは、ようございましたな」

　宗睦の狙いが、うまくいったことになる。

「治済様の前田八家への文が、効いたのではないか」

「なるほど」

「ご老中衆も、前田八家の動きにはだいぶ驚いたようだが、どうにもならない。認めるしかなかったようだ」

「尾張と前田の婚姻は、めでたいですね」

「うむ。宗睦様も、ご満足のご様子だ」

　そして宗睦からだという小判二十五両の包み金が手渡された。正紀は、これには仰天した。

「いや、ありがたい」

　佐名木や井尻も喜ぶだろう。藩としては大助かりだ。宗睦は親族には吝(しわ)いが、今回はよほど嬉しかったに違いない。

「その方の働きをよしとしたのであろう」

金子目当てでしたことではないが、ありがたく受け取ることにした。それだけあれば、高岡河岸に納屋を新築できる。

「して亀之助殿の清水家への養子縁組の件は、どのようなことに」

「どうもうまくゆかぬようだ」

睦群は、どこか愉快そうに言った。

「定信殿らは、これだけは阻止しようという腹らしい」

尾張と前田のことはどうにもならなかったが、こちらは勝手にはさせないという腹のようだ。

「御三卿一橋家から清水家への養子縁組は、老中の総意がなくては叶わない。尾張と前田の婚姻とは、事情が違うということですね」

「そうだ。定信殿は、反治済様派の大奥の御年寄（おとしより）も味方につけたようだ」

「しかし治済様は、それであきらめる方ではありますまい」

この機を逃せば、清水家を手に入れることはできない。どこの誰が養子になるかで、政局は変わる。

「まあ、そうであろう。亀之助殿は、治済様の貴重な手駒の一つだからな」

「宗睦様は、亀之助殿の件で思いを通せたことになりますね」

「そうだ。二十五両くらい、受け取ってよい」

送り届けた翌日、筒井が正紀を訪ねて来た。

「亀之助様におかれては、高岡藩邸内での暮らしは楽しかったとか」

改めて、礼を言いに来たのだった。

「健やかということですな」

「さよう」

雨に濡れても、風邪など引かなかった。

「小野瀬と塚田はどうなりましたか」

「斬り捨てた上で、夜半やつらの馬に乗せて本多家上屋敷と沓澤屋敷へ置いてき申した」

治済の命令だという。迷う様子はなかったとか。

「治済様らしい処置ですな」

公のことではないから、取引にはしない。命を奪って、返したのである。

正紀は筒井と話した内容を、睦群に伝えた。

「沓澤も桑原も、誰の仕業かは分かっても、どうすることもできぬであろう」

いい気味だという気配が睦群の表情にあった。

「そしてな、治済様は沓澤には腹を立て、些細なしくじりでもあったときには、大幅な減俸(げんぽう)やお役の召し上げをしてやると言われた」

治済に睨まれると、二千石の旗本など末代まで冷や飯を食わされるはめになる。本多にも、桑原への処分をするようにとにおわせたとか。

沓澤と桑原の忖度は、無に帰(き)しただけでなく、わが身を窮地に置いてしまった。

「執念深い御仁だな」

「まあ、それくらいでなくては、公儀の政(まつりごと)に口出しはできぬであろう」

睦群が引き上げた後、正紀はまず正国に、耳にした話を伝えた。

「兄上も、そうして思いを遂げられてゆくのであろうな」

正国には寂しさがあり、羨むような口調だった。才覚もあり、これからもあった。けれども病を得てしまった。同じ親のもとで生まれながら、異なる境遇にいる。

そのことについて、正国は何も言わない。けれども何も思っていないわけはなかった。

「そうですね」

正国を見つめながら、正紀は頷いた。

そして佐名木にも話した。

「正紀様は、尾張の方ですな」

最初に出た言葉はこれだった。

「どういうことだ」

「尾張藩は、高岡藩を守っています」

「何だと」

そんなことはない。自分こそ高岡藩のために、精いっぱいやってきた。そう自負していた。とはいえ……。

尾張が背後にいたからできたことは、少なからずあった。己一人で生きてきたと思うのは傲慢だ。


孝姫は、『飛んだり跳ねたり』がお気に入りで、今日も人形を飛ばして喜んでいる。そして時折、「かめ、かめ」と名を呼んだ。遊んでほしいのだ。

「亀殿は、母者のところへ帰ったのですよ」

と京が、孝姫に教える。母が恋しいのは、孝姫も分かるらしかった。寂しそうにはするが、泣いたりはしない。

「亀之助殿は、今頃何をしておいでなのでしょうか」

京が言った。筒井から「健やか」と聞いたが、実際のところは正紀と京には見当もつかない。

今は分からないことだが、後に亀万千は前田家当主治脩の世子だった兄斉敬（なりたか）が早世して、前田斉広（なりなが）と名を変え加賀藩前田家十二代目の藩主となる。琴姫は、その正室となった。

宗睦の目に狂いはなかった。

そして亀之助は、定信らの妨害で清水家には養子として入れなかった。しかし寛政八年（一七九六）に、琴姫の実父である高須藩主松平義当の養子となる。松平義居（よしすえ）と名乗った。義当亡き後は、高須藩主となる。

尾張とは濃い関わりを持つようになるが、そうなった根には、正紀のこの度の労が関わっているのは間違いなかった。

本作品は書き下ろしです。

双葉文庫

ち-01-57

おれは一万石(いちまんごく)

若殿(わかとの)の名(な)

2023年3月18日　第1刷発行

【著者】

千野隆司(ちのたかし)
©Takashi Chino 2023
【発行者】

箕浦克史

【発行所】

株式会社双葉社

〒162-8540 東京都新宿区東五軒町3番28号

［電話］03-5261-4818(営業部)　03-5261-4868(編集部)

www.futabasha.co.jp (双葉社の書籍・コミックが買えます)

【印刷所】

大日本印刷株式会社

【製本所】

大日本印刷株式会社

【カバー印刷】

株式会社久栄社

【DTP】

株式会社ビーワークス

【フォーマット・デザイン】

日下潤一

落丁・乱丁の場合は送料双葉社負担でお取り替えいたします。「製作部」宛にお送りください。ただし、古書店で購入したものについてはお取り替えできません。［電話］03-5261-4822（製作部）

定価はカバーに表示してあります。本書のコピー、スキャン、デジタル化等の無断複製・転載は著作権法上での例外を除き禁じられています。本書を代行業者等の第三者に依頼してスキャンやデジタル化することは、たとえ個人や家庭内での利用でも著作権法違反です。

ISBN978-4-575-67150-6 C0193

Printed in Japan

千野隆司
湯屋のお助け人
菖蒲の若侍
長編時代小説

旗本家の次男である大曽根三樹之助は思いがけず「夢の湯」に居候することに。三樹之助の活躍と成長を描く大人気時代小説、新装版第一弾。

千野隆司
湯屋のお助け人
桃湯の産声
長編時代小説

湯屋の主人で岡っ引きの源兵衛が四年前に捕らえた罪人が島抜けした。三樹之助は悪人の牙から罪なき人々を守れるか!? 新装版第二弾!

千野隆司
湯屋のお助け人
覚悟の算盤
長編時代小説

「夢の湯」に瀬古と名乗る浪人が居候として加わった。どうやら訳ありのようで、力になりたいと思う三樹之助だが……。新装版第三弾!

千野隆司
湯屋のお助け人
待宵の芒舟
長編時代小説

五十両の借用証文を残し、仏具屋の主人が姿を消した。三樹之助と源兵衛は女房の頼みで行方を捜すことに……。大人気新装版第四弾!

千野隆司
湯屋のお助け人
神無の恋風
長編時代小説

辻斬りの現場に出くわした三樹之助と志保。事件を調べる三樹之助だが、志保との恋に大きな転機が訪れる。大人気新装版、ついに最終巻!

千野隆司
おれは一万石 尚武の志
長編時代小説〈書き下ろし〉
野分により壊滅的な被害を受けた人足寄場。再建に力を貸すことになった正紀は、資金を捻出すべく、剣術大会の開催を画策するのだが。

千野隆司
おれは一万石 花街の仇討ち
長編時代小説〈書き下ろし〉
三十年もの長きにわたる仇捜しの藩士。恋仲の娘を女衒から奪い返すべく奔走する御家人の三男坊。二つの事件は意外なところで絡み合い⁉

千野隆司
おれは一万石 世継の壁
長編時代小説〈書き下ろし〉
正国が隠居を決意し、藩主交代の運びとなった高岡藩井上家。正紀の藩主就任が間近に迫るなか、阻止せんとする輩が不穏な動きを見せる。

千野隆司
おれは一万石 藩主の座
長編時代小説〈書き下ろし〉
廃嫡を狙う正棠たちの罠に嵌まり、蟄居謹慎の身となってしまった正紀。藩主交代を目前にして、窮地に追い込まれた正紀の運命は——⁉

千野隆司
おれは一万石 西国の宝船
長編時代小説〈書き下ろし〉
新藩主として人事刷新を図った正紀だが、一部の者に不満が残る。その不満を払うべく、禄米二割の借り上げをなくそうとするが——。